Wolfgang Schömel

Die Reinheit des Augenblicks. *Geschichten*

Klett-Cotta

Inhaltsverzeichnis:

Blue Mussels. Mir war klar, dass wir in fast elftausend Metern Höhe flogen. Spontan hätte ich allerdings geschätzt, dass es lediglich ein paar Hundert Meter waren bis zu dieser vollkommen weißen, von Schründen oder Tälern durchzogenen Fläche da unten. Wie tief waren die Täler, wie breit? Schwer zu sagen. Nur, wenn wir ein Gebirge überflogen, wurden die tatsächlichen Entfernungen deutlicher. Schon wieder hörte ich, dieses Mal direkt an meinem rechten Ohr, das seufzende Ausatmen von Stefan. Wie ein Hund im Auto hatte er seinen Kopf zwischen Evas und meinen Sitz geschoben, um ebenfalls auf die Gletscher Grönlands hinunter schauen zu können. An seiner Sitzreihe war nämlich kein Fenster, kein »Bullauge«, wie er sagte. Ich drehte mich vom Fenster weg nach rechts, Eva und ich schauten uns an und verständigten uns darüber, wie sehr uns das stefansche Schnaufen auffiel, dieses irgendwie ältliche und tuntige Geräusch. Jedenfalls wären das meine Worte gewesen. Eva machte sich da erfahrungsgemäß nicht so viel Mühe. Sie sagte einfach: »Das nervt mich.«

Manchmal hatte ich sogar den Eindruck, dass auch ich sie nervte, wenn ich die Dinge und Gefühle ausführlich beschrieb. Vielleicht hätte sie in diesem Fall sogar ganz plötzlich die Partei von Stefan ergriffen, hätte zum Beispiel gesagt: »*So* schlimm ist es ja *auch* nicht.«

Also, dieses Schnaufen von Stefan, das im Übrigen meist dann zu hören war, wenn er sich traurig gab und von der Schwere des Daseins beladen, das sollte Folgendes mitteilen: »Es ist furchtbar, dass ich in diesem Flugzeug nicht qualmen darf. Und gerade jetzt, wo das alles so gewaltig aussieht, hätte ich besonders gern eine Zigarette!«

Dass er rauchte war nicht weiter schlimm. Mich jedenfalls störte es nur selten, auch wenn ich froh darüber war, das AIR CANADA das in ihren Flugzeugen grundsätzlich nicht erlaubte. Viel schlimmer war dieses Getue, wenn Stefan einmal *nicht* rauchen durfte. Außerdem dachte ich gerade daran, wie er »so« sagte, »so«, ohne was dahinter, also: »So!«

Das sagte er zum Beispiel, wenn er irgendwo ankam. Er kam an, setzte sich hin und sagte: »So!«

Oder wenn er den Fernseher ausmachte. Kurz bevor er die Fernbedienung in die Hand nahm, sagte er: »So!«

Stefan und ich kannten uns schon sehr lange, wir hatten zusammen Zivildienst gemacht, und später trafen wir uns an der Universität wieder, gingen abends zusammen saufen und auf Frauenjagd. Dann hatten wir uns ein paar Jahre aus den Augen verloren, und erst vor gut einem Jahr waren wir uns wieder näher gekommen. Wenn ich mich über ihn beklagte, sagte Eva, die ihn sowieso nicht besonders mochte: »Es zwingt dich ja keiner dazu, Stefan ständig zu besuchen. Ich verstehe sowieso nicht, was du an ihm findest.«

So war sie.

Stefan ging mir sehr oft auf die Nerven, vor allem mit seinem Gesaufe, aber ich konnte auch ebenso oft über ihn lachen. Und außerdem, er war eben in meinem Leben vorhanden, was sollte ich tun?

Auch Eva beugte sich jetzt rüber zu mir, damit sie besser aus dem Fenster schauen konnte. Jedes Mal, wenn sie das tat, roch ich ihr Parfum, und ihre linke Brust drückte sich an meinen Oberarm. Und jedes Mal wusste ich dann, dass das ja ganz schön und gut war mit diesen Gletschern da unten, aber dass so eine Brust, auf die man irgendwie Zugriff hat, viel wichtiger ist.

»Geil, was? Als flöge man über einen riesigen fremden Planeten«, sagte sie.

Diesen Satz dachte wahrscheinlich das gesamte Flugzeug, jedenfalls die Leute, die an den Fenstern saßen, und gäbe es so etwas wie Gedankenchöre, es wäre ein gut synchronisierter, sehr lauter Gedankenchor entstanden. Dennoch nickte ich und produzierte einen ehrfürchtigen Gesichtsausdruck. Eva durfte solche Sachen sagen, ich legte mich in diesen Dingen nicht mit ihr an. Eines muss man allerdings wissen, nämlich, dass Stefan niemals solch einen Satz gesagt hätte, trotz all seiner schlimmen Eigenschaften.

»Erhaben und heroisch«, sagte ich, um mich ein wenig zu unterscheiden.

»Zuhause würde man hundert Euro zahlen, bloß für den Anblick hier«, sagte Stefan in diesem Moment.

Sein Atem roch nach Aceton, von der Leber her, die den Alkohol von gestern abbauen musste, und außerdem nach Bier, denn er hatte bereits wieder seine dritte oder vierte Flasche intus.

»N' schönes Bier dazu, das wäre was für einen Sonntag zuhause. Kann man vom Flugpreis schon mal abziehen, die hundert Euro. Das heißt, zweihundert Euro, wenn man den Rückflug rechnet. Eigentlich geschenkt, das Ganze, wenn man bedenkt, was eine einzige Achterbahnfahrt kostet.«

Eva lehnte sich wieder zurück, vermutlich abgestoßen von Stefans Atem und Gerede.

Ich verlagerte mein gesamtes Gewicht auf die rechte Arschbacke. Seit Jahren hatte ich Probleme mit meinem linken Bein. Es fühlte sich irgendwie taub an, das war beunruhigend. Manchmal war es mir mehr, manchmal weniger bewusst, und kein Arzt konnte mir sagen, was das sollte. Ich war mir selbst nicht völlig sicher, ob ich mir diese Taubheit nicht bloß einbildete. Es war nämlich so, dass ich ansonsten keine Probleme hatte mit dem Bein, es wurde nicht kalt, und es ließ sich gut bewegen. Auch die Nerven waren wohl okay. Manchmal machte ich einen Test mit einer

Nähnadel, die ich zuerst in den rechten, dann in den linken Oberschenkel stach. Der Schmerz schien sich jedes Mal völlig gleich anzufühlen, allerdings war ich mir auch da nicht ganz sicher. Außerdem vergaß ich das Taubheitsgefühl, wenn ich viel zu tun hatte oder wenn ich zum Beispiel etwas betrunken war. Natürlich auch beim Sex, aber der kam ja kaum noch vor. In diesem Flugzeug war es besonders schlimm, die Enge und so weiter. Manchmal schüttelte ich das Bein, in der vergeblichen Hoffnung, das könnte helfen. Ich tat es möglichst unauffällig, denn die Sache war mir peinlich, besonders, weil ich einige Jahre älter war als Eva. Und Claudia, die Freundin von Stefan, war noch jünger als Eva. Ich hatte neulich erfahren, dass sie ihren dreißigsten Geburtstag feierte. Mit solch einem Taubheitsgefühl im Bein kommt man sich sofort ziemlich alt vor.

Um das Bein etwas strecken zu können, hatte ich mich abgeschnallt und mich, so gut das überhaupt ging, vom Sitz erhoben. Nun lungerte ich mit gekrümmtem Rücken auf der linken Armlehne herum. Claudia kam gerade vom Klo zurück, Zahnbürste und Zahnpasta in der Hand. Wie fast immer trug sie eine ihrer sehr eng sitzenden, ausgewaschenen Bluejeans. Der Herr, der den Platz links neben ihr hatte, musste auf den Gang treten, und Claudia schlüpfte in die Reihe, wobei sie sich, wegen des knappen Raums zwischen den Sitzreihen, leicht in die Hocke begeben musste. Sie hatte lange und feste Oberschenkel, und ehe sie sich auf ihren Sitz niederließ, eröffnete sich mir ein erfreulicher Blick auf die leichten Wölbungen links und rechts der tief eingegrabenen Zwickelnaht. Sie schien keine Ahnung davon zu haben, wie die auf Männer wirkten.

Niemand verstand, warum Claudia mit Stefan zusammen war. Jedenfalls vermutete ich das, weil ich es selbst nicht verstand, weil ich sowieso nicht begriff, wie eine Frau diesen Mann aushalten konnte, ich meine: in intimer Hinsicht. Sie konnte ja nicht weggehen, wenn es genug mit ihm war. Sie musste ihn Tag und Nacht aushalten, und das besonders Verwunderliche bei Claudia war: Sie tat es keineswegs notgedrungen, denn sie war, abgesehen von ihren langen Beinen und ihrer Figur, überdies auch eine Schulter-, Nacken- und Gesichtsschönheit. Mit anderen Worten, sie hatte die freie Auswahl. Warum sie wohl mit Stefan zusammen war? Ich wusste nicht viel von ihr, lediglich, dass es ihr nicht gut gegangen war, als sie ihn kennen gelernt hatte, beruflich, gesundheitlich und so weiter. Das war vor etwa zwei Jahren gewesen.

»Schaahatz!«, sagte Stefan mit demonstrativ dämonischem Grinsen eigentlich nicht zu ihr, sondern zu mir, bog sich zu seiner schönen Freundin rüber, drehte erst im letzten Moment sein Gesicht zu ihrem und küsste sie schmatzend auf die Lippen. Claudia zeigte den leicht angeekelten Zug um den Mund, den ich häufig bei ihr sah. Vielleicht war da auch ein wenig Hass zu erkennen, ja, gewiss sogar. Während ich meinen Blick rasch abwandte und zurück in meinen Sitz glitt, freute ich mich wieder über dieses »Spezialpaar«, wie ich die beiden gerne nannte, und wünschte mir, dass das noch lange gut, richtiger gesagt, schlecht gehen würde. Eva sah das wohl anders.

»Ich kann das nicht mit ansehen, wie die sich von ihm behandeln lässt«, hatte sie jedes Mal gesagt, wenn wir einen der seltenen, gemeinsam durchgestandenen Abende mit dem Paar hatten.

»Sie wird das brauchen«, pflegte ich dann zu sagen, und Eva bestrafte mich mit ihrem »Eigentlich-weiß-ich-dass-wir-nicht-zusammen-passen«-Blick. Hätte ich gesagt, dass Claudia, so, wie sie aussah, es in der Tat nicht nötig gehabt hätte, Stefan zu ertragen, und so weiter, der Krieg wäre augenblicklich ausgebrochen. Angesichts der charakterlichen Schwächen, die sie bei Claudia festgestellt hatte, vermochte Eva sich glücklicherweise nicht vorzustellen, dass irgendjemand diese Frau attraktiv finden könnte.

Dass wir, also diese beiden Paare, Eva und ich sowie Claudia und Stefan, diese Reise gemeinsam unternahmen, war eher zufällig zustande gekommen. Alles war von Eva ausgegangen. Man hatte ihr erzählt, es sei ein Traum, mit dem Campingmobil durch Westkanada zu fahren, in den Nationalparks tageweise Treckingtouren zu unternehmen, und dann ans Meer und so weiter. Ich willigte ein, »falls wir im Mai noch zusammen sind«, wie ich, mit einem Grinsen im Gesicht, zum Ärger Evas hinzufügte. Das war im vergangenen Januar gewesen.

»Wenn du vorhast, mich zu verlassen, dann geh' doch gleich«, sagte sie, und schmiss die Gabel neben ihren Teller.

»Ich habe eher umgekehrte Befürchtungen«, sagte ich.

Wir waren seit ungefähr acht Jahren zusammen, Eva und ich, sie war zweiunddreißig, ich würde bald achtunddreißig werden. Ich wusste nicht, wie es ihr damit ging, aber ich hatte seit Längerem einen merkwürdigen Gedanken über uns beide: Und zwar schien es mir, als hätte ich Eva die ersten ein, zwei Jahre ziemlich gut kennen gelernt, als würde ich aber seitdem allmählich wieder verlernen, was ich von ihr wusste. Ob das normal war? Ging das anderen Paaren ebenso? Hatte es nicht eine Zeit gegeben, in der ich sehr vertraut mit ihr gewesen war? Allerdings konnte ich gar nicht mehr exakt benennen, worin diese Vertrautheit bestanden hatte. Ich wusste immer noch, was mir an ihr gefiel. Zum Beispiel bewunderte ich ihre Organisiertheit. Nicht, dass ich selbst so chaotisch wie zum Beispiel Stefan gewesen wäre, aber ich fühlte mich ununterbrochen überfordert von all den immer wiederkehrenden Ordnungstätigkeiten. Eva regelte diese Dinge, die Steuererklärung, das perfekte Säubern der Küche bis in die letzten Winkel hinein, das Umsäumen der Hose, den Streit mit unserem Vermieter, die Vorbereitungen auf unsere Reise. Sie dachte an alles, bis hin zu den Wanderkarten, die sie im Internet bestellte. Allerdings entwickelten sich ihre Umsicht, die Genauigkeit und der Fleiß aus einer gewissen Zähflüssigkeit ihres Wesens, aus einer Art Grundangestrengtheit heraus, die ich immer wieder bemerkte und die wohl auch für Evas häufige schlechte Laune verantwortlich war. Dennoch, ich brauchte Eva. Aber war es andersrum genau so: Brauchte sie mich noch?

Irgendwann erzählte ich Stefan und Claudia von unseren Plänen, und eine Woche später rief Claudia zunächst mich, dann Eva an, um zu fragen, ob man sich uns anschließen könne. Ich war einverstanden, denn ich versprach mir unterhaltsame Verwicklungen und eine gewisse Abmilderung der drohenden wochenlangen Dauerzweisamkeit. Eva hingegen war verstimmt, sie habe sich darauf gefreut, endlich mal richtig mit mir allein zu sein, und nun müsse ich »diesen nervigen Stefan und seine Claudia mitschleppen«.

»Dann kannst du dich wenigstens zwischendurch mal von mir erholen«, sagte ich.

Wir hatten zwei kleine Camping-Pickups gemietet, Achtzylinder-Trucks von Ford mit Fahrkabine und Ladefläche, auf der ein kleines Campinggehäuse stand. Ein Taxi brachte uns vom Flughafen Calgary zum Hotel, wo wir die erste Nacht verbringen mussten.

Meine Laune war schlecht, weil Calgary aus der Luft so völlig anders aussah, als ich mir das vorgestellt hatte, und am Boden war alles noch viel schlimmer. Plastiktüten wehten zwischen den weit auseinander liegenden Flachbauten umher, es gab Parkplätze und hässliche, schüttere Rasenflächen. Die Skyline der Innenstadt bot dem Auge etwas Halt, und sehr weit weg im Westen konnte man undeutlich eine Bergkette sehen. Das mussten die Rockies sein. Vorne redete Stefan mit seinem schlechten Englisch auf den Taxifahrer ein: »How is the business?«, und so weiter. Wir saßen zu dritt auf der Rückbank, die offenbar teilnahmslose Claudia saß links, ich rechts, und zwischen uns befand sich Eva. Wenn ich Eva anschaute, sah ich gleichzeitig Claudias Profil mit der sanft gebogenen Nase und den starken, extrem hohen Backenknochen. Vielleicht deswegen, weil wir jetzt in Amerika waren, fiel mir das Wort »indianisch« für dieses Profil ein.

»Wo willst du denn zu Fuß hingehen?«, sagte Eva. »Morgen früh fahren wir ja schon weg hier.«

Ich hatte gerade verärgert festgestellt, dass die Straßen keine Bürgersteige hatten. Eva hasste es, wenn ich »negativ« war, wie sie sagte. Sie begann, ihren Blick von mir wegzudrehen, so, als müsse sie von mir weggehen, weil ich sie enttäuscht hatte, so, als hätte ich nicht Calgary und die Straßen ohne Bürgersteige, sondern *sie* beleidigt. Ich schwieg.

»Nice town«, sagte Stefan vorne, in euphorischem

Ton, »how many inhabitants do you have here? Is it allowed to smoke here, in your car? Can you give me fire, äh, light?«

»Musst du hier rauchen?«

Das war das Erste, was Claudia seit Langem gesagt hatte.

»Aber Schatz, wir können doch das Fenster aufmachen«, sagte Stefan, zu Claudia gewandt. Als sein Satz fertig war, verzog er den Mund zur Parodie eines Grinsens.

2. Wir hatten eigentlich eine Woche in den Nationalparks von Banff und Jaspers bleiben wollen, um zu wandern. Es war geplant, anschließend nach Vancouver zu fahren, nach Vancouver-Island überzusetzen, dort wieder zu wandern und vielleicht Wale zu beobachten, wie sie an der Westküste vorbeischwammen. Zum Glück blieb mir das schließlich erspart, die Sache mit den Walen, meine ich, und mit den Waltouristen. Es lief nämlich von Anfang an alles schief, besser gesagt, es lief anders als geplant. Unsere einzige Wanderung in Banff fiel recht dürftig aus, vor allem deswegen, weil überall noch halb geschmolzener Schnee lag, und unter dem Schnee war tiefer Matsch. Eva hatte eine Bärenglocke, um etwaigen Bären frühzeitiges Wegrennen zu ermöglichen. Stefan mit seinem verschrobenen Schweizer Militärrucksack von 1950 oder so stellte sich sehr erschrocken, als er das mit der Bärenglocke erfuhr.

»Ich muss mehr rauchen«, sagte er, »das vertreibt die Bären.«

Er hustete alle paar Sekunden laut, während wir am Ufer eines Sees durch den Schlamm wateten. Später pfiff er planlos, oder er sang: »Wir wollen zu Land ausfahren, wohl über die Fluren weit, aufwärts zu den klaren Gipfeln der Einsamkeit!«

Immer nur diese beiden ersten Verse sang er, absichtlich sehr falsch und mit hitleresk gerolltem »r«. Er ging vorneweg, und manchmal lachte sogar Eva über ihn.

Ich ließ mich ein wenig zurückhängen, um meine Ruhe zu haben, und machte mir klar, worin die landschaftlichen Besonderheiten lagen, damit ich später davon erzählen konnte, zum Beispiel davon, dass der Wald durch die Täler hindurch wuchs. Er wuchs den Hang hinunter, über den Talboden hinweg und am gegenüber liegenden Hang wieder hoch. Jetzt erst fiel mir auf, dass das zuhause ganz anders ist, wo die Täler immer für zivilisatorische Belange frei geschlagen sind. Erstaunlich, wie selbstverständlich alles wird über die Jahre.

Claudia ging ein paar Meter vor mir. War sie mit ihrem Freund beschäftigt oder mit der Natur? Wenn sie über Äste stieg, Schneefeldern oder Pfützen auswich, tat sie das auf eine sehr aufrechte und irgendwie langbeinige Art, so, als sei sie eigentlich, in ihrem verborgenen Kern, dazu bestimmt, elegant, aktiv, fröhlich, wortreich und sexy zu sein. Ob Stefan daran schuld war, dass auf das tatsächliche Benehmen Claudias keines der eben vorgeschlagenen Wörter zutraf? Nein, daran glaubte ich nicht. Es war wohl eher so, dass ihre Art, wie sie alles in sich selbst gefangen hielt, auf einen wie Stefan geradezu gewartet hatte. Der hatte die Aufgabe übernommen, noch den letzten Rest an Lebensäußerungen in sie zurückzustopfen.

Ein paar Mal hatte ich registriert, dass sich ihre großen, wunderbar geformten Lippen beim Sprechen zusammenzogen, dass sie schmaler wurden, sich halb nach innen in den Mund zurückbogen, so, als spräche sie in den eigenen Körper hinein und nicht nach außen, zu uns, zu den Menschen. Den Tag zuvor allerdings hatte ich sie dabei beobachtet, wie sie diese großen Eichhörnchen, die Squirrels, bewunderte, die überall auf dem riesigen Campingplatz ihre Köpfe in die Luft streckten oder herumhuschten. Sie sagte nur: »Süüüß!«, und dabei sah sie aus, als wolle sie den Tierchen entgegenwachsen, könnte man sagen. Jedenfalls bog sich dieses Wort nicht in sie zurück, es kam vielmehr schön aus ihr heraus. Daran musste ich denken, während ich hinter ihr herging.

Abends gingen wir ausgehungert durch Banff. Alle Straßen waren nach Tieren benannt. Es gab eine Caribou-Street, eine Deer-Street, eine Otter Street und sogar, zu Claudias leiser Freude, eine Sqirrel-Street.

Schließlich wählten wir ein Steakhouse, ich glaube, es lag in der »Moose Street«. Eva benahm sich sehr mädchenhaft mir gegenüber, oder wie soll ich das beschreiben? Jedenfalls so, wie sie das selten tat. Sie war still und lehnte zwei, drei Mal ihren Kopf an meine Schulter. Auch ließ sie mich ihren warmen Atem im Gesicht spüren, und es war wieder ein bisschen so, wie ich es beinahe schon vergessen hatte, und ich fragte mich, wie das plötzlich kam. Ob es so etwas wie eine Kapitulation war, wegen ihrer leicht missratenen Reiseplanung? Oder die Freude darüber, dass am Ende doch etwas gelungen war, dass wir hier in Banff saßen, in den kanadischen Rockies, in einem Steakhouse mit Kaminfeuer, leicht nachfröstelnd? Wie auch immer, am Ende war sowieso ich es, der an diesem Abend die größere Euphorie entwickelte. Ein paar Minuten lang war alles ganz herrlich, und bald kamen die Biere und das Essen, und Eva setzte sich wieder gerade hin. Sie hatte dieses flächige, pausbäckige Blondinengesicht, eher wie die holländischen oder dänischen Blondinen, nicht wie die slawischen. Früher hatte sie ziemlich viel Akne gehabt. Jedenfalls war die Wangenhaut etwas narbig, und das gab Eva ein etwas rustikales Aussehen, frisch, gesund und tatkräftig, wie eine Bäuerin in einem Heimatfilm der dreißiger oder fünfziger Jahre. Dazu passten auch ihre großen weißen Schneidezähne, die Schultern, die breit und gerade waren, ihre starken Knochen, diese herrlichen großen Arschbacken, und im Grunde passte alles zusammen an Evas Körper. Ja, ich war sehr stolz auf sie, besser gesagt, darauf, dass sie meine Freundin war. Auch die Erinnerung daran, mit welchen Tricks sie am Abend zuvor wieder dafür gesorgt hatte, dass ich jeden Gedanken an Sex und dergleichen aufgegeben hatte, konnte die Situation nicht stören. Sie hatte gefroren und sich mit Jogginghose und Sweatshirt ins Bett legen müssen. Das kannte ich schon von zuhause. Was ebenfalls häufig geschah, war unerwartet plötzliches Zubettgehen. Wenn ich dann irgendwann nachkam, war Eva dermaßen schläfrig, dass sie nur noch lallen konnte. Und so weiter. Aber wir würden das wieder hinkriegen, wir zwei, so dachte oder fühlte ich.

Uns gegenüber saßen Claudia, die gerötet und frisch aussah, und Stefan, der sich zwei, drei Stunden lang seriös und nachdenklich gegeben hatte. In diesem Zustand befand er sich schon auf der Rückwanderung. Kein Singen, kein Reden mehr, nichts war von ihm zu hören gewesen, sieht man von diesen gelegentlichen seufzenden Atemgeräuschen ab. Ich kannte das, das war immer so, wenn sein Kater nachließ und das zweite, dritte Bier des Tages noch nicht getrunken war. Ich glaube, in diesem Zustand war er Claudia am liebsten. Jedenfalls lachte sie jetzt ein paar Mal über meine Sprüche, und dabei bemerkte ich zum ersten Mal, dass ihre Zähne erstaunlich klein waren. Man hätte glauben können, dass sie viel mehr als die üblichen zweiunddreißig Zähne besaß, vor allem angesichts ihres großen Mundes. Aber vielleicht waren ihre Backenzähne umso größer?

Es sei wunderbar, hier zu sein, versicherten wir uns gegenseitig, Eva, Claudia und ich, und dass man den Eindruck habe, bereits wochenlang von zuhause weg zu sein. Dabei stand man doch noch vor drei Tagen am Frankfurter Flughafen!

»Wenn ich an mein Konto zuhause denke, dann reichen mir die drei Tage schon«, sagte Stefan, der lange Zeit geschwiegen hatte, und schaute von uns weg in eine leere Ecke des Restaurants.

Er sah aus, als habe er einen Schicksalsschlag erlitten. Würdevoll ging er hinaus auf die Straße, um zu rauchen. Gerade, als er wieder am Tisch saß, kam sein zweites großes Bier.

»So«, sagte er, umfasste das beschlagene Bierglas mit der rechten Hand, hielt es ein paar Sekunden lang fest und fixierte es, als habe er es erfolgreich an der Flucht gehindert oder in anderer Weise heroisch bezwungen. Dann löste er seine Hand wieder, ohne das Glas bewegt zu haben.

»It's nice to work here?«, fragte er unsere waitress, die sich als »Lucy« vorgestellt hatte, wobei er sich stark zurücklehnte, um sie angrinsen zu können, ohne dabei den Kopf zu heben. Das wirkte abschätzig und aggressiv. Auch Eva schien es so zu empfinden, denn sie drückte ihr Gesicht auf meinen Oberarm, um allein mit mir zu sein.

»Where do you folks come from?«, sagte Lucy, und der Dialog wurde ganz schrecklich.

Am Ende des Abends war Stefan wieder in üblicher optimistischer Hochform, entwickelte neue Geschäftsideen, die mit dem Ankauf von Land in Kanada zusammenhingen, sagte gelegentlich: »Nicht wahr, mein Schatz?« zu Claudia, legte seine Hand auf ihren Oberschenkel, und als wir planten, wo denn in den kommenden Tagen hin zu fahren sei, sagte er in unsere Richtung, mit schwerer Zunge:

»Jahaha, wir fahren hierhin und dorthin, und vielleicht haben wir dann auch mal wieder Geschlechtsverkehr?«

Erst beim letzten Wort, das er »Geschelechtsverkehr« sang, drehte er sich zu Claudia hin und grinste. Deren Gesicht zeigte keine Reaktion.

Wir benutzten den Icefield Parkway nach Lake Louise, wo der See noch völlig zugefroren war. Das berühmte Hotel war, aus der Nähe betrachtet, ein hässlicher Betonbau. Zwei Tage später ging es weiter nach Jaspers, immer hinter Stefan her, der den schwankenden Camping-Pickup mit dem hoch liegenden Schwerpunkt viel zu schnell fuhr. Gelegentlich, wenn er irgendeine abseitige Idee hatte oder pissen musste, bremste er scharf. Er hielt an und sprang aus dem Wagen. Als er zum dritten Mal behauptete, einen Bären gesehen zu haben, tauchte tatsächlich einer auf. Zirka hundertfünfzig Meter vor uns torkelte er am

Straßenrand rum, und Stefan befahl mir, ich solle ihn zusammen mit dem Tier fotografieren.

»Auf dem Foto wird der Bär nicht größer sein als ein Punkt«, sagte ich.

Also musste ich zwanzig Meter rückwärts gehen und das Teleobjektiv aufschrauben. Als ich fertig war, posierte Stefan in meine Richtung, die Fäuste in die Seiten gestemmt, aber der Bär war verschwunden. Eva und Claudia waren gar nicht erst ausgestiegen, ich weiß nicht, ob aus Angst oder weil sie nicht mehr an diese Bärenstories glaubten.

In Jaspers lag noch mehr Schnee als in Banff. Dennoch versuchten wir es wieder mit dem Wandern. Dieses Mal hatte es uns tatsächlich tief in die Wildnis verschlagen. Wir kamen an einem See mit einem Biberdamm vorbei und passierten zwei Übernachtungsplätze mit Galgen, an denen man die Lebensmittel hochhieven konnte, um sie den Bären zu entziehen.

»Voll in den Outbacks«, sagte Stefan, der sich inzwischen ebenfalls ein Bärenglöckchen besorgt hatte und ständig damit herumklingelte. Besonders begeistert war er darüber, dass seit dem letzten Schneefall offensichtlich erst eine einzige Person diesen Pfad benutzt hatte. Er bemühte sich, stets in den Fußstapfen seines Vorgängers zu bleiben.

»Man müsste Spezialschuhe haben, die wie Bärentatzen aussehen«, sagte er, »und dann im Auftrag der

Outbacksverwaltung schön alles mit Bärenspuren voll machen hier.«

»Outbacks heißt das nur in Australien«, sagte Eva, die eine klein gefaltete Wanderkarte in der Hand hielt und uns führte, »hier heißt das backcountry, backcountry-hiking ist das, was wir hier machen.«

»Voll geil im backcountry«, sagte Stefan, ab jetzt zirka alle zwei Minuten.

In der rechten Hand hielt er die jeweils aktuelle Bierdose, in der linken das farbige Band mit dem Bärenglöckchen dran, das er fast ununterbrochen betätigte. Als ich mich Eva näherte, knapp hinter ihr meinen Schritt mit dem ihren synchronisierte, um problemlos sie und ihren kleinen Rucksack mit den Armen umfangen zu können, verhinderte sie diesen Versuch mit den Ellenbogen.

»Mein Gott, kannst du nicht lachen über den Idioten?«, sagte ich leise.

»Niemand lacht über den – außer dir«, sagte Eva.

Im Augenblick hatte sie Recht. Uns beide mal abgerechnet, blieb ja auch nur Claudia über, und die verhielt sich, als habe sie nichts zu tun mit Stefan. Sie ging in großem Abstand von ihm, und offenbar interessierte sie sich für die hiesige Flora, bückte sich, um irgendwelche Gräser auszuzupfen, oder blieb stehen, um Baumrinden anzufassen, als würde sie sich irgendetwas versprechen von diesen Bäumen.

»Interessierst du dich für die Pflanzen hier?«, sagte ich.

Claudia drehte ihr Gesicht schnell zu mir hin. Sie war offenbar überrascht, und indem ich dies bemerkte, fiel mir auf, dass wir noch nie ernsthaft miteinander gesprochen hatten, sozusagen *persönlich*. Ich hatte in der Tat noch nie eine Frage an sie gerichtet, die über die jeweilige Situation hinausgegangen wäre. Und sie? Sie war ja sowieso ein stummes Wesen und erschien mir prinzipiell uninteressiert. Von ihr hatte ich gar nicht erst erwartet, dass sie etwas wissen wollte von mir. So standen wir und schauten uns an, zwei oder drei Sekunden lang, während aus einiger Entfernung Stefans Bärenglöckchen zu hören war und ich kurz an das taube Gefühl in meinem linken Bein denken wollte, das immer dann zu bemerken war, wenn ich beim Wandern innehielt.

»Wieso?«, sagte Claudia schließlich.

»Na ja, wie du die Bäume anfasst.«

»Eigentlich suche ich einen bestimmten Baum«, sagte Claudia und schaute von mir weg.

»Ich kenne auch nur einen einzigen Baum hier«, sagte sie, »die pazifische Eibe. Die wächst allerdings weiter zum Meer hin. Ich würde aber gerne alle Bäume kennen, habe ich gerade gemerkt.«

Wir gingen nebeneinander her. Sie erzählte, dass ihr Vater vor drei Jahren an Krebs gestorben sei. Vorher habe man ihn verhältnismäßig lange Zeit mit einem Mittel am Leben gehalten, das aus der pazifischen Eibe hergestellt werde.

»Wie standest du zu deinem Vater?«, sagte ich.

Ob mich das tatsächlich interessierte? Ich glaube, nein. Ich wollte wohl etwas Konversation machen, mehr nicht. Aber nachdem ich die Frage gestellt und Claudia sich schwer, ernst und offenbar vergeblich um eine Antwort bemüht hatte, wurde das plötzlich ganz anders.

3. Nach einer Woche standen wir mit unseren Pickups auf einem Campingplatz in der Nähe einer Stadt, die auf halber Strecke nach Vancouver lag. Die Stadt samt der Landschaft, die sie umgab, und auch der Campingplatz wirkten öde, elend und halbfertig. Manchmal fühlte ich mich heimatlos und von allen verlassen, ganz besonders aber von Eva. Es kam mir vor, als ginge sie mir geradezu aus dem Weg. In anderen Momenten entstand ein Gefühl in mir, als hätte mich jemand ungerecht behandelt und als sollte ich mich nun für immer beleidigt von allen Menschen abwenden. Aber vielleicht lag das alles daran, dass es seit zwei Tagen ununterbrochen regnete. Wir liefen in Fleece-Pullis rum, der Schlamm um die Sanitäranlagen wurde immer tiefer. Den zweiten Abend in Folge gab es nun schon Spaghettis mit industriell vorgefertigter Tomatensoße, die übrigens recht gut schmeckte. Claudia und Stefan hatten uns mitnehmen wollen in den *Pizza Hut* auf der anderen Straßenseite, aber ich bekam immer Sodbrennen von diesem Pizza-Zeugs. Wir hatten die Hecktüren unseres Campingaufsatzes geöffnet, und von unseren Plätzen am Esstisch aus konnten wir nach draußen und hinunter auf die Pfützen schauen, in die der Regen platschte. Eva trank viel von dem kanadischen Wein aus dem Okanagan Valley. Wenn ich pinkeln musste, ging ich kurz nach draußen und verstärkte so den Niederschlag. Eva benutzte »ausnahmsweise wegen des Regens«, wie sie sagte, unser winziges Notklo, das zugleich Notdusche war. Das heißt, der Duschkopf hing fast genau über der Brille, und wenn man duschte, wurde das Klo automatisch mitgeduscht.

»Du kannst gleichzeitig pinkeln und duschen«, rief ich gegen die verschlossene Tür und holte eine zweite Flasche Wein aus dem gasbetriebenen Kühlschrank, der mich nachts mit seinem Gebrumm nervte. Später stieß Eva ein paar Mal mit mir an.

»Heute Abend kannst du schon wieder kein Feuer machen«, sagte sie.

Ich beschäftigte mich nämlich bereits seit Tagen mit dem Plan, Holz zu hacken und ein Lagerfeuer zu machen, was Eva »typisch männlich« fand. Dafür hatten Stefan und ich jeder eine Axt beim Wohnmobilverleih geliehen. Zwölf Dollar hatte das gekostet, pro Axt, diese Kosten mussten sich ja irgendwie lohnen. Die kanadischen Campingplätze hatten Feuerstellen an jeder Parzelle. Demnächst würde es losgehen.

Spät am Abend schlossen wir die Türen und kletterten zum Schlafen in den Alkoven hoch. Der Regen trommelte auf die Decke direkt über uns, und ein kleines Fenster an der Fußseite unseres Lagers war gekippt und ließ das Geplätscher von draußen rein. Insgesamt fühlte man sich ein bisschen wie im Zelt, aber man lag besser, trocken und gemütlich, weit weg vom Boden. Eine Viertelstunde verbrachten wir schweigend nebeneinander. Offenbar konnten wir beide nicht schlafen. Ich fragte mich, ob mein Bein taub war, aber es fühlte sich völlig okay an. Irgendetwas würde noch geschehen, das spürte ich. Der Abend war anders gelaufen als die vergangenen. Vielleicht lag es daran, dass wir ganz allein waren? Hatte Eva mir zeigen wollen, dass es dies war, was sie eigentlich wollte: allein mit mir sein? Schließlich setzte sie sich auf, soweit das unter der niedrigen Decke überhaupt möglich war, zog sich ihr T-Shirt über den Kopf und legte ihren Oberkörper auf meinen. Das war völlig ohne Vorbereitung gekommen, fast ruckhaft, so, als hätte sie einen plötzlichen Entschluss gefasst. Mit ihren nackten Brüsten lag sie auf mir, ihr Gesicht war auf meiner Schulter, aber sie bewegte sich nicht, versuchte nicht etwa, mich zu küssen, streichelte mich nicht. Sie lag einfach nur auf mir und schwieg. Ein, zwei Minuten vergingen, dann zog ich meine beiden Arme unter Eva hervor, umarmte sie und ließ meine Hände ruhig auf ihrem Rücken liegen, während ich, ohne darüber nachzudenken, warum ich das tat, besonders tief und gleichmäßig atmete. Plötzlich, in die Stille und Dunkelheit hinein, begann Eva zu schluchzen, erst leise und kaum spürbar, dann immer heftiger, krampfhaft und laut. Die Haare, die ihr ins Gesicht hingen, waren nass, als ich mit dem Rücken meiner rechten Hand über ihre Wange strich, eine Bewegung, die deswegen schwierig war, weil ich mein Handgelenk stark abknicken musste. Während sich Evas ganzer Körper im Weinkrampf schüttelte, klammerte sie ihre Hände um meine Oberarme und bohrte mir die Fingernägel ins Fleisch.

Erst spät in der Nacht hörten wir Claudia und Stefan zurückkommen. Stefan war offenbar betrunken, brabbelte viel zu laut und ununterbrochen irgendwas von einem »bargain« vor sich hin, mit verstellter, hoher Stimme, das »r« rollend:

»Mister, you drive a hard bargain. Yeaaaaaah, Mister, a hard bargain.«

Von Claudia waren nur kleine Laute zu hören. Dieser unangenehme nächtliche Auftritt Stefans verwandelte sich für mich umgehend in einen Vorwurf, den Eva stumm gegen mich erhob. Schließlich war ich es gewesen, der diesen Menschen angeschleppt hatte. Kurz darauf hörte ich aus der Richtung des anderen Pickups etwas, das wie gedämpfte Trommelschläge klang. Irgendjemand schlug ein Bongo oder eine Trommel. Zunächst waren es vereinzelte Schläge, dann ganze Trommelwirbel, endlich war Ruhe.

»Es ist einfach so, dass ich mich total unter Druck gesetzt fühle.«

Eva sagte das plötzlich, es klang unangemessen laut. Durch das kleine Fenster zu unseren Füßen drang nur sehr wenig Licht von den Laternen des Campingplatzes. Ich konnte aber sehen, dass auch Eva auf dem Rücken lag, mit dem Gesicht zur Decke, genau wie ich.

»Aber ich habe doch gar nichts gesagt.« Auch meine eigene Stimme kam mir zu laut vor.

»Aber du erwartest es, das weiß ich«, sagte Eva, in gepresstem Tonfall, zu dem, wie ich wusste, eine kraus gezogene Stirn mit zwei tiefen senkrechten Falten an der Nasenwurzel gehörte.

»Es liegt nicht an dir, aber es geht im Moment einfach nicht, und je größer der Druck ist, um so weniger.«

»Aber« – ich zögerte – »aber du wolltest doch unbedingt mit mir verreisen, sogar unbedingt ganz allein mit mir.«

»Genau deswegen wollte ich das, verstehst du nicht?«

Ich sagte nichts mehr. Irgendwann hörte ich, wie Evas Atemzüge ruhiger wurden. Ich überlegte, wann ich die Sache mit dem Kind zuletzt angesprochen hatte. Das musste vor fast zwei Jahren gewesen sein, während des Sommerfestes in Evas Firma.

»Du weißt doch, dass ich mir das nicht zutraue«, hatte Eva gesagt, »das ist nichts für mich.«

Ähnliches war auch die ganzen Jahre vorher von ihr gekommen. Ich hatte seither nie wieder gefragt. Eigentlich war ich in der gleichen Situation wie Stefan. Vielleicht war es gar nicht entscheidend für das Glück oder Unglück, wie viele Fehler man machte in einer Liebesbeziehung? Was wusste ich schon von diesen Sachen?

Am nächsten Vormittag erwachte ich erst sehr spät. Eva lag nicht neben mir. Durch das kleine Fenster schien die Sonne auf meine Füße. Mein linkes Bein war außerordentlich taub, ich schüttelte es, wie immer ohne Erfolg. Von draußen hörte ich Evas Stimme, und tatsächlich: Sie klang fröhlich. Auch Stefan war zu hören. Ich setzte Wasser auf, um Kaffee zu kochen. Vor der Begegnung mit Eva fürchtete ich mich, aber sie nahm mich kaum zur Kenntnis, als ich hinaus in die Sonne trat. Es war warm, und auf dem Rasen des Campingplatzes lagen dünne Schleier von Wasserdampf. Eigentlich befanden wir uns in einer schönen weiten Landschaft. Ich schirmte meine Augen mit der rechten Hand gegen die Sonne und konnte im Osten den Gebirgszug erkennen, den wir vorgestern durchquert hatten. Dicht über den fernen Bergen lagen weiße Wolkenmützen. Der übrige Himmel war vollkommen blau, tief blau, »kanadisch blau«, dachte ich, um mich mit Hilfe dieser gewagten Wortverbindung eine Sekunde aus der Situation fortzustehlen.

Es stellte sich heraus, dass Stefan in einer Bar neben dem *Pizza Hut* einen Jamaikaner kennen gelernt hatte, der ihm eine afrikanische Trommel zum Kauf angeboten hatte.

»Achtzig wollte er haben, gekriegt hat er zwanzig und drei Bier«, sagte Stefan mit schadenfrohem Grinsen.

Er trug einen vorne ausgefransten Strohhut, offenbar eine Zugabe des Jamaikaners, sein Gesicht war rot und gedunsen, aber er rauchte schon wieder. Zuhause werde er diese Trommel für mindestens einhundertfünfzig Euro weiterverkaufen. Die Trommel stand neben ihm, sie war riesig und sah stark mitgenommen aus, genau wie Claudia, die jetzt aus der Wohnkabine kletterte. Ihre dunklen Haare waren zerzaust, eine Strähne ragte fast waagerecht zur Seite. Verachtung war in ihrem Gesicht zu sehen, als sie Stefan anschaute. Aber sie sagte nichts. Ich holte den fertigen Kaffee und reichte ihr die erste Tasse. Sie kauerte inzwischen auf einem der winzigen niedrigen Klappstühle, die zur Ausrüstung der Pickups gehörten. Sie schaute zu mir auf, und irgendein Verständnis schien zwischen uns zu herrschen. Als nächstes bediente ich Eva. Als sie die Tasse entgegennahm und mich anblickte, war in ihrem Gesicht eine rätselhafte Frage, vielleicht auch ein Vorwurf, ich war mir da nicht sicher. Stefan lehnte den Kaffee ab, der würde ihn jetzt umbringen, sagte er.

»Hast du noch lange getrommelt?«, sagte ich.

»Nö, aber geschnarcht – hat mir mein Schatz gesagt.«

Jetzt waren sich die beiden Frauen über irgendetwas einig. Vermutlich war ich mit schuld an Stefans Antwort, eventuell deswegen, weil ich sie mit meiner Frage hervorgelockt hatte. Ohne mich wäre sie nicht entstanden. Überhaupt: Ohne mich wäre der ganze Ärger nicht entstanden! Jedenfalls hatten Eva und Claudia die Gesichter zueinander und lediglich ihre Augen in unsere Richtung gedreht, Eva zu mir und Claudia zu Stefan. Tatsächlich: So unterschiedlich wir beiden Männer waren, befanden wir uns doch in derselben Situation.

Dass Stefans Fall hoffnungslos war, hatte er mir am Tag zuvor erzählt, in einer dieser Stunden, in denen er nüchtern und melancholisch war. Ich hatte Claudia erwähnt und dabei von »deiner Geliebten« gesprochen.

»Geliebte ist gut«, hatte Stefan gesagt, »die lässt sich absolut gar nicht mehr ficken.«

»Das habe ich befürchtet«, hatte ich gesagt.

»Und was sagst du zu der Trommel?«, sagte Eva jetzt zu Claudia.

»Dazu habe ich keine Meinung.«

Claudias Schultern zuckten in die Höhe, und ihr Kopf fiel schlaff nach vorne, fast auf die Kaffeetasse, die sie zwischen ihren Oberschenkeln hielt.

4. Stefan kam zurück. Er trug seine bunt bedruckten langen Schwimm-Shorts und die neuen Sandalen aus halb durchsichtigem rosafarbenen Plastik, die er sich im Supermarkt in der Abteilung »beachwear« gekauft hatte. Im Hosenbund steckten die Zigarettenschachtel, ein Feuerzeug und das ebenfalls frisch erworbene Tauchermesser. Noch ein paar Hindernisse musste er übersteigen, was nicht einfach war, denn er hielt den großen Aluminiumkochtopf aus dem Campingwagen mit beiden Händen. Offenbar hatte er tatsächlich Beute gemacht, verbotenerweise, wie ich nach wie vor vermutete, obwohl ich in den Regularien des »National Marine Sanctuary« nichts darüber gelesen hatte. Man solle nicht schießen und keine Torpedos abfeuern. Das Verteidigungsministerium habe außerdem verboten, »bombing activities« über dem Nationalen Meereszufluchtsort durchzuführen. Vielleicht hatte ich Stefan wieder einmal unterschätzt, als ich am Vorabend voraussagte, er werde keine fünf brauchbaren Muscheln finden. Tage zuvor hatte er aus einem Restaurant einen Prospekt mitgehen lassen, der den »popular intertidal shellfish« verzeichnete und abbildete. Seitdem stand seine Ankündigung im Raum, er werde »auf Blue Mussels gehen«, sobald wir am Meer angelangt sein würden, da könne man nichts falsch machen, mit Blue Mussels kenne er sich aus. Das englische Wort für »Miesmuscheln« hatte er gerade erst bei der Lektüre des Prospekts gelernt, aber von da an benutzte er es bei jeder Gelegenheit.

Eigentlich war es ein wenig zu kühl, um am Strand zu liegen, aber Eva wollte unbedingt etwas Sonne auf die Haut bekommen, und ich machte gerne mit. Wenn ich in der Sonne lag, war nämlich mein Bein nicht taub, oder ich spürte nicht mehr, dass es taub war. Und nur hier, direkt am Meer, war Sonnenschein. Hinter uns, also über den Bergen des Olympic National Park im Staat Washington, über den Regenwäldern, durch die wir an einem der folgenden Tage wandern wollten, lag eine sehr hohe schwarze Wolkenmasse, die sich jedoch kaum bewegte und unser Sonnenbad nicht bedrohte.

Wir hatten zwischen zwei hell gebleichten Baumstämmen, die ein wenig nach Saurierknochen aussahen, unsere Handtücher ausgebreitet. Um Stefan sehen zu können, richteten wir uns auf und stützten unsere Oberkörper auf die Arme. Der gesamte kilometerlange Strand an der Westküste der Olympic Peninsula war bedeckt mit diesem ausgebleichten Treibholz. Zweige, Äste und große Stämme, zum Teil mitsamt ihren vom Erdreich befreiten Wurzeln lagen umher, nebeneinander, übereinander, manchmal mehrere Meter hoch. Aus mir unbekannten Gründen vertrat ich die These, dass dieses Holz bereits Jahrhunderte oder Jahrtausende alt sein müsse. Schließlich fehle überall die Rinde. Eva lachte und meinte, das meiste stamme von den Clear-Cuts, den Kahlschlägen, die wir überall gesehen hatten, als wir die Nordküste entlanggefahren waren und über die Stichstraße bis hier zum Strand, oder es sei von Holzfrachtern ins Meer gefallen. Wie auch immer, für mich war dieses Holz eine historische Herausforderung, und ich würde an diesem Abend ein großes Feuer damit machen.

Ich hatte Stefan fotografieren müssen, ehe er auf Blue Mussels ging. Das Wasser begann eben erst abzulaufen, er müsse sowieso noch ein bisschen auf die Ebbe warten, sagte er. Er kletterte auf einen besonders mächtigen Stamm, der mit seinen Wurzeln im Wasser lag. Ich durfte erst dann fotografieren, als eine große Brandungswelle gegen den Stamm klatschte, so dass Stefan zusammen mit dem hinter ihm hoch gischtenden Wasser im Bild war. An der linken Hand hing der große Kochtopf, in der Rechten hielt er das Messer. Auch die kleine Insel, die vor der Bucht lag, gehörte zur Inszenierung.

»Er findet sich tatsächlich schön«, sagte Eva, als ich von der Fotosession zurück zu meinem Handtuch kam.

Gerechterweise muss man sagen, dass er durchaus über ein glattes und ebenmäßiges Gesicht verfügte, was dann auffiel, wenn er in guten Klamotten steckte, aber wenig ins Gewicht fiel, wenn er nackt war oder in diesen Shorts rum lief. Die Beine waren einfach zu dünn, und der Bauch war zu dick.

»So«, sagte er und stellte den Kochtopf zwischen Eva und mir in den schmuddelig grauen Sand. Aus seinen rosa Sandalen traten bei jedem Schritt schmatzende Wassergeräusche. In der Tat, der Topf war randvoll mit beachtlichen Miesmuscheln. Ich inspizierte ein paar davon. Die großen waren mit Seepocken bewachsen, auch mit Tang, oder was das war, jedenfalls mit grünen Pflanzen.

»Ich nehme alles zurück«, sagte ich.

»Wo ist eigentlich Claudia?«, sagte Eva.

Diese Frage hatte ich mir vorhin, als Stefan kam, ebenfalls gestellt, hatte mich aber aus irgendeinem Grund nicht getraut, sie an ihn zu richten. Jetzt war ich erleichtert oder sogar erfreut darüber, dass Eva fragte.

»Sie wollte irgendwie spazieren gehen, landeinwärts.«

»Pflanzen kucken?«, sagte ich.

Claudia hatte sich nämlich bei einer kanadischen Parkverwaltung ein Buch über »native plants of British Columbia« gekauft, heute früh dann zusätzlich »The Beachcomber's Guide to Seashore Life«. In letzterem hatte Stefan weitere Informationen über Miesmuscheln gefunden.

»Keine Ahnung. Wahrscheinlich onanieren«, sagte er.

Eva schwieg, schaute mindestens eine volle Minute lang von uns beiden weg den Strand entlang.

Es war ihre Idee gewesen, die teure Fähre nach Vancouver Island zu sparen und stattdessen in die USA einzureisen. Auf der Olympic Peninsula westlich von

Seattle gäbe es ähnliche Natursensationen, Regenwald, Treibholzstrände, eventuell sogar die Schwanzflosse des einen oder anderen Grauwals. Eva hatte als erstes in den Regenwald gewollt, Stefan und ich als erstes ans Meer. Claudia war das offenbar alles egal.

Unser Campingplatz lag direkt oberhalb des Strandes. Am Abend, die Sonne war bereits effektvoll über dem Meer untergegangen, begannen Stefan und ich damit, Treibholz den sandigen Steilhang nach oben zu den Autos zu schleppen. Wir arbeiteten mit beiden Äxten, es krachte und splitterte. Aber das Zeug wollte partout nicht brennen, wegen des eingelagerten Salzes, wie Eva meinte. Schließlich garten wir die Muscheln auf dem Gasherd. Claudia, die seit Stunden unbeteiligt im Alkoven gelegen hatte, kroch hervor und aß zwei, drei Muscheln. Die meisten aß Stefan.

»Nichts macht geiler!«, sagte er. »Bier und Blue Mussels.«

5. Ein paar Tage später befand ich mich allein mit Claudia an einem weitgehend mit Eis bedeckten See im Regenwald am Nordhang des Mount Carrie. Wir waren über drei Stunden aufgestiegen, während von den Kronen der Baumriesen immerzu große Wassertropfen herunterfielen, hatten Bäche auf improvisierten Brücken überqueren, immer häufiger Schneefelder durchstapfen müssen. Wir waren niemandem begegnet, und jetzt, in der Höhe, hatten wir endlich den freien Himmel über uns. Die Wolken waren sehr dünn und blendend hell geworden, die Sonnenscheibe leuchtete blass hindurch, und gelegentlich entstanden sogar Lücken in den Wolken, Flecke reiner Himmelsbläue. In der Nacht nach dem Muschelessen war die Situation zwischen Stefan und Claudia eskaliert.

»Fass mich nicht an, fass mich nicht an!«, hatte er, sie parodierend, immer wieder geschrieen, mit sich überschlagender Stimme, derart laut, dass die Wände des Wohnmobils den Schall kaum dämpfen konnten.

Schließlich kam es wohl zu einem mit der Axt durchgeführten Scheinangriff auf Claudia. Stefan hielt das Werkzeug noch in der Hand, als ich die Wohnkabine enterte. Claudia lag auf dem Boden und wimmerte. Anschließend verschwand Stefan, ich fand ihn erst bei Tagesanbruch. Er befand sich am Strand, lag auf den Knien, neben sich die Axt. Die Stirn hatte er wie zum muslimischen Gebet in den Sand gedrückt, und er weinte wie ein Kind, schluchzend und hemmungslos. Ich konnte ihn nicht zum Reden bringen, und ich schämte mich. Seit diesem Morgen befand er sich in einem würdevoll-traurigen Zustand, besuchte das schweflig stinkende Thermalbad, das zum Campingplatz gehörte, war einsilbig, trank keinen Schluck Alkohol mehr. Eva litt an Übelkeit und Kopfschmerzen und lag die meiste Zeit im Alkoven. Sie hatte sich die Ohren mit Watte verstopft, sie wolle das Ploppen der Tropfen auf dem Wagendach nicht mehr hören, sagte sie. Allerdings nahm ich an, dass sie rein gar nichts mehr hören wollte. So hatte ich mich entschlossen, alleine zu wandern.

Es war noch recht früh am Morgen, etwa neun Uhr. Ich trug meine Outdoor-Jacke, meinen Rucksack mit Proviant und Wasser. Die Wanderkarte mit der markierten Route hielt ich in der Hand. Gerade, als ich los wollte, kletterte Claudia aus dem Wagen und fragte, ob sie mich begleiten könne. Sie tat das mit gedämpfter Stimme, indem sie ziemlich dicht an mich herantrat. Ihre Augen waren verweint. In dieser Sekunde, auch dadurch, dass ich völlig in meinen Bewegungen erstarrte, merkte ich, dass ich immer wieder etwas von mir weg geschoben hatte. Hinter irgendeinem Damm hatte sich das alles gesammelt, und jetzt, durch den Riss hindurch, der plötzlich in der Situation klaffte, strömte es mit einem einzigen Schlag über mich hin. Den ganzen Aufstieg über hielt es mich in sich und erst recht, als das mit den dünner und heller werdenden Wolken und den Flecken von Himmelsbläue anfing. Claudia sagte kein Wort wegen Stefan, und ich fragte sie nicht nach ihm. Am Meer, am Tag des Muschelessens, habe sie ganze Gruppen von pazifischen Eiben gefunden, sie würde mir den Baum sehr gerne zeigen, sagte sie. Aber hier im Regenwald gäbe es ihn offenbar nicht.

Wir standen uns jetzt gegenüber, am Ufer des kleinen Sees. Ich trank aus meiner Aluflasche. Claudia öffnete langsam den Reißverschluss ihrer Jacke, und sie schaute mich dabei an. Es war windstill, aber sehr kühl. Daran änderten auch die Strahlen der blassen Sonne nichts, die ich auf den Schultern spürte. Zwei, drei kleine rötliche Vögel hüpften auf der Eisfläche herum, zwitscherten und pickten nach irgendeiner Nahrung.

Ich reichte ihr die Flasche. Claudia hielt sie in der rechten Hand, als sie mich umarmte, und ein wenig Wasser spritzte auf mein Genick. Ein paar Sekunden lang standen wir reglos, ich spürte ihre kalte Wange an meinem Hals, und die Wärme ihres Körpers, der sich an mich presste, ließ mich frösteln. Wir küssten uns. Nach einem gewaltsamen, wilden Anfang spürte ich ihre Lippen so, als seien sie machtvoll und groß und nicht nur auf meinem Mund, sondern in meinem ganzen Kopf vorhanden, und als sei dort alles auf sie vorbereitet gewesen. Aber als ich die Brüste, den Bauch, die nackte Haut des Rückens anfasste, streichelte, sanft und schließlich auch gierig, wusste ich, dass ich mir tatsächlich nicht ein einziges Mal vorher überlegt hatte, wie es denn wäre, wenn ich diesen Körper berührte und wie er sich anfühlen würde.

Irgendwann, vielleicht weil wir uns ein wenig an die Situation gewöhnt hatten oder auch deshalb, weil wir nun einmal standen und nicht liegen konnten, weil es außerdem kalt war und auch die Gedanken allmählich wieder zurückkamen, lösten wir uns voneinander, vermutlich nicht ohne Scham wegen der hierfür nötigen, den anderen zurückschiebenden Körper- und Armbewegungen. Schulter an Schulter standen wir am Ufer des Sees, schauten auf das Eis und die freien Wasserflächen. Es schien noch ein wenig stiller geworden zu sein als vorher. Auch die kleinen Vögel mit ihrem Zwitschern waren verschwunden. Meine eigenen Atemzüge waren das lauteste Geräusch, das ich hörte. Ich begann damit, durch den Mund zu atmen, weil dies keine Geräusche verursachte.

»Wir müssen los«, sagte ich endlich, »sonst kommen wir in die Dunkelheit.«

Am folgenden Morgen, als ich vor den Wagen trat, waren Stefan und Claudia mit Räumen und Packen beschäftigt. Man habe beschlossen, sagte Stefan, als ich schließlich fragte, was los sei, die Reise abzubrechen, den Pickup vorzeitig zurückzugeben und den Rückflug umzubuchen. Eva und ich legten noch über dreitausend Kilometer zurück, ehe wir, drei Wochen später, ebenfalls nach Hause flogen.

Die Peitsche. Obwohl es Sonntag ist und außerdem noch früh am Tag, steigen überall auf den Weiden und Getreidefeldern schwache Staubfahnen auf. Die Erntemaschinen arbeiten. Das Meiste ist schon getan. In regelmäßigen Abständen liegen die gepressten und gebundenen Strohwalzen auf den warmgelben Stoppelfeldern. Über die gemähten, fleckig blassgrünen Wiesen ziehen sich in regelmäßigen Abständen die geraden Wellenkämme des Heus. Es ist August, und Bruno liebt diesen Monat. So oft es der Verkehr zulässt, blickt er nach links und nach rechts in die Landschaft. Am liebsten sieht er das Zusammentreffen von Stoppelfeld, dunkelgrün spätsommerlichem Wald im Hintergrund, und darüber, über allem, das reine Blau des Himmels.

Oft ist ihm zweierlei aufgefallen: Wie diese Bilder sein Innerstes in Ordnung bringen, wie alles in ihm so sanft und schön wird, bis es die zum Himmel aufstrebende Gleichrichtung der stehen gebliebenen Getreidehalme hat. Und, dass er die ansteigende Landschaft nach Plätzen absucht, an denen er irgendwann einmal, wenn das Leben sehr lang ist, wird schlafen können, am besten auf einem schmalen grasbestandenen Streifen zwischen Waldrand und Stoppelfeld, den Blick ins Tal gerichtet, unter einer milden Sonne.

Bruno Halder ist müde, so lange er zurückdenken kann.

Sein Blick prüft die Landschaft. Die Sonne ist heute alles andere als mild. Den Juni, den halben Juli über klagten die Boulevardblätter über den ausbleibenden Sommer. In Wahrheit, wie Bruno fand, war das Wetter sehr angenehm, einundzwanzig, zweiundzwanzig Grad, mit klaren nördlichen Winden, häufiger Kumulusbewölkung, schnell über die Erde huschenden Schattenfeldern, abwechselnd mit heftigen Lichteinbrüchen, so grell, dass er stehen blieb und auf einen Klang wartete, wenn sie heraneilten. Tage mit Regen folgten, mit intensiven Grüntönen. Dann ging die Hitze los, die nun jeden Tag gefeiert wird. Auch heute Morgen, gleich nachdem er wach geworden war, musste Bruno aus dem Radio hören, dass gerade ein neuer, wunderschöner und heißer Sommertag anbrach, auf den sich alle freuen durften. Die Stimme des Sprechers klang heiter und aufgeweckt. Bruno zog die Badezimmertür etwas zu heftig hinter sich zu. Wann endlich hörte das auf? Diese abgestandenen heißen Winde aus Südwest? Diese drückenden Nächte, in denen man alle halbe Stunde wach wurde?

Sabine war zum Glück sofort nach ihm aufgestanden. Er hatte befürchtet, sie auffordern, sie drängen zu müssen, »los, Sabine, steh auf, in einer Stunde müssen wir los!«, selbstverständlich mit einem Gefühl, als würde er sie und auch sich selbst besudeln durch dieses Drängen, sich mit ihm und seinem Vater, mit seiner eigenen zweifelhaften Abkunft zu beschäftigen. Ein einziges Mal hatte sie den alten Halder gesehen, vor zwei Jahren, kurz, nachdem Bruno und sie ein Paar geworden waren. Der Alte hatte sie damals mit diesem demonstrativen Minimalinteresse zur Kenntnis genommen, das nicht zusammenpasste mit der Genauigkeit, mit der er später einmal, nur ein einziges Mal, an einem einzigen Nachmittag, allerlei beschrieb, was auch Bruno von Sabine wusste. Zum Beispiel, wie sie zur Seite hin in des Vaters Gesicht blickte, genau so, wie sie auch Bruno gelegentlich ansah: die Stirn gerunzelt, die Pupillen ganz in die Augenwinkel gedreht, halb neugierig, halb furchtsam distanziert, wie ein Clown, wenn ihm in der Manege etwas Merkwürdiges entgegenkommt und wenn die Zuschauer über so viel Schwäche, Angst und Misstrauen lachen sollen.

»Ein komisches Mädchen. So verschlossen. Warum hast du immer so Komische?«

Und ohne Pause, in völlig resignierter Stimmlage: »Na ja, was geht's mich an?«

Das sagte er immer häufiger. Dabei senkte er den Kopf. Egal, ob er stand oder saß, er senkte oft den Kopf, den er außerdem seitlich geneigt hielt, weil ihn das Geradehalten schmerzte. Irgendetwas war mit der Halswirbelsäule nicht mehr in Ordnung. Er senkte den Kopf und sagte: »Was geht's mich an?«, und die

Stimme wurde gegen Ende des Satzes schwächer. Bruno hörte den näher kommenden Tod. Lieber wäre es ihm gewesen, der Vater wäre wie früher der Meinung gewesen, dass ihn entschieden alles etwas anging.

Sabine sprach niemals über den Tag, an dem sie Brunos Vater kennen lernte, über das Rumsitzen mit dem Vater und seiner Lebensgefährtin, das sie schrecklich gelangweilt haben musste: der Vater, wie üblich, in schmuddeligen Trainingsklamotten. So hatte er sich schon gekleidet, als er so alt war wie Bruno heute und als der ihn bereits wie einen alten Mann wahrnahm. Diese Erinnerung stellt sich gerade ein bei Bruno. Sie liegt dünn und durchsichtig über der schwerflüssigen Müdigkeit, die sich nach ihrer eigenen Abschaffung sehnt. Sie hat auch den Gedanken ans eigene Altern in sich und an die ewig aufmerksamen, rastlosen Anstrengungen, es zurückzuweisen.

Sabine auf dem Beifahrersitz hat ein Kissen zwischen ihre rechte Schulter und den Sicherheitsgurt geklemmt und ihren Kopf darauf gelegt. Ihre Schlupfsandalen hat sie abgestreift, die Beine hochgenommen und die Fußsohlen gegen das Armaturenbrett gestellt. Diese gefährliche Gewohnheit lässt sie sich nicht ausreden, und Bruno fährt besonders vorsichtig, wenn Sabine so sitzt. Anscheinend schläft sie. Immer wieder schaut Bruno zu ihr rüber, in ihr flächiges, vollkommen ungeschminktes Gesicht mit den hohen Wangenknochen. Das macht ihn stolz, dass es sie gibt, dass sie bei ihm ist und ihm offenbar ein wenig vertraut, obwohl sie gar nicht allzu viele gemeinsame Interessen mit ihm hat. Sie ist Krankengymnastin von Beruf, liest wenig, mag nicht, wie Bruno, komplizierte Gedankengebäude über das Leben und die Menschen, ist eher optimistisch und lebt auf die unmittelbare Zukunft hin. Einmal, als Bruno an eine der zahlreichen Marotten von Sabine denkt, fährt sogar etwas wie Glück in ihn hinein, ganz plötzlich und scharf begrenzt, ein Freudenstich in die Seele, und er möchte nichts anderes, als dass alles so bleibt, wie es gerade ist, und nicht mehr weitergehen muss.

Vielleicht deswegen biegt er ab auf einen Parkplatz der Bundesstraße, eigentlich gar nicht so sehr deshalb, weil seine Blase drückt, was aber durchaus als Begründung für das Anhalten dienen kann. Dass man hier unbeobachtet pinkeln kann, das weiß er von früheren Fahrten zum Vater. Als er zurückkommt, schlendert Sabine ihm entgegen, aus dem hellfleckigen Schatten der Ebereschen heraus, unter denen das Auto parkt, und die bereits große Ballen von roten Vogelbeeren tragen. Ja, es ist schon spät im Jahr, nur noch kurz vor dem Herbst.

Sabine steht in der Sonne, die dunkelblonden Haare ragen an der rechten Kopfseite wirr zur Seite. Bruno mag es, wenn ihre Haare wuschelig sind, und er ist überrascht, als sie ihn umarmt, dabei auffällig fest an sich heranzieht und ihr Gesicht mit diesem Duft, den er sich aus seinem Leben nicht mehr wegdenken kann, an seinen Hals legt. Irgendetwas ist dabei, sich zu ändern, und vielleicht hat er sich das alles nur eingebildet, was ihn in letzter Zeit so bekümmerte.

Zwei Jahre sind seit dem gemeinsamen Besuch beim alten Halder inzwischen vergangen. Sabines Schweigen darüber war viel schlimmer, als wenn sie zugegeben hätte, dass sie den Alten nicht mochte.

Bruno vermutet seit Längerem, dass Sabine viel Kraft verbraucht, um ihr Leben so souverän zu führen, wie sie es tut. Vielleicht ist sie deswegen derart kompromisslos und hart mit den Menschen? Sie ist nie wieder mitgefahren, wenn Bruno übers Wochenende zu ihr kam und bei dieser Gelegenheit auch seinen Vater in der Heimatstadt besuchen wollte. War er mit dem Zug angereist, lieh sie ihm ihr Auto. Es mache ihr nichts aus, einen Nachmittag »für sich« zu haben, sagte sie. Und er versuchte nicht, sie zu überreden, weil es doppelt schwer gewesen wäre für ihn, den Tag mit seinem Vater und gleichzeitig mir ihr zu verbringen. Aber jedes Mal, wenn er dann abends zurückkam zu Sabine, schien sie ihm ein wenig fremder geworden zu sein, so, als habe sie während der gesamten Zwischenzeit über das schlimme Erbe nachgedacht, das da in dem Mann stecken musste, mit dem sie zusammen war. Am schlimmsten war es im vergangenen Frühjahr, als er von der kurzen Italienreise zurückkam, die er mit dem Vater unternommen hatte.

Und er hatte sich so sehr gewünscht, dass sie gerade dann, wenn er von seinem Vater kam, weich und sanft zu ihm gewesen wäre.

2. Wenn Bruno seinen Vater besuchte, gab es jedes Mal eine kleine Aufregung in ihm, eine Vorfreude, über die er sich wunderte. Dachte er tatsächlich, es hätte sich in der Zwischenzeit etwas geändert? Nein, er dachte gar nichts, wohl aber fühlte er etwas. Irgendeine Hoffnung keimte auf. Dann der Moment der Begrüßung, per Handschlag: Seine rechte Hand schloss sich um die von der Arthrose verformten Finger des Vaters, nur um die Finger, weil der Vater die Hand nicht richtig öffnen konnte. Bruno fühlte die dicken harten Knöchel an seinen eigenen Fingerspitzen. Diese riesige Hand, oder was aus ihr geworden war – nein, Bruno konnte keine Sekunde warten mit der Erinnerung daran, welche Angst er vor der Hand hatte, zwar vor dreißig, fünfunddreißig Jahren, aber dennoch erst neulich in seinem Leben. Sein Blick fiel in das Gesicht des Vaters, in die seit einiger Zeit leicht gelblichen Augäpfel, in denen keine Freude war, in denen niemals Freude gewesen war und die ihm grausam Leid taten.

Nie war er lange bei ihm, ehe die alte Wut hoch kam, spätestens dann, wenn der Vater damit begann, ihn

Sätze wiederholen zu lassen, einmal, zwei Mal. Nein, er hörte durchaus gut, er hatte immer sehr gut hören können.

»Was??«, hatte der Vater damals gesagt, vor dreißig Jahren, fünfunddreißig Jahren, »ich habe nichts gehört. Sprich deutlicher!«

Das erzwungene Wiederholen hatte Brunos Gesicht verzerrt, beim Formulieren der wiederholten Wörter hatte er die Lippen übertrieben deutlich bewegt, so, als müsste er sie auswürgen. Er stand damals im Türrahmen des Wohnzimmers. Eintreten durfte er nicht, weil er Schuhe trug, und ins Wohnzimmer hatte man nur ohne Schuhe Zutritt.

»Du nuschelst. Wer soll das verstehen? WAS ist los?«

»Darf ich die Tiersendung im Fernsehen gucken?«

»Wenn ich dich sehe, habe ich Tiersendung genug«, sagte der Vater.

Das gab es in allen denkbaren Variationen: Wenn ich dich sehe, habe ich Komödie genug, habe ich Theater genug, habe ich Kriminalfilm genug.

Oder die andere Form: Der Vater saß im Wohnzimmer vor dem Fernseher. Bruno war bei der Mutter in der Küche, sein Bruder Klaus kauerte in irgendeiner Ecke, schwieg und las, tat also das, was er fast ständig tat. Bruno kann sich nicht an irgendwelche vorwärtsdrängenden Handlungen von Klaus erinnern, Handlungen, auf die man hätte reagieren müssen, auch nicht daran, dass Klaus etwas gesagt hätte, was eine Antworten verlangte. Statt dessen gibt es diese lange, unbewegte Szene, die sich nicht weiterentwickelt, eine Art Erinnerungsschleife: Der Bruder, keine zwei Jahre älter als Bruno, aber seltsam erwachsen, ernst und schweigsam im Gesicht, sitzt auf dem Fußboden, mit dem Rücken gegen die Wand gelehnt, und hält ein aufgeschlagenes Buch auf den angewinkelten Beinen. Die Streitereien, das Geschrei, in dem Bruno in seiner Erinnerung immer mitten drin steckt, alles geht an Klaus vorbei. Er liest mehrere Bücher pro Woche, manchmal zwei an einem einzigen Sonntag, trägt Bücherstapel zur Stadtbibliothek, bringt neue mit nach Hause, schweigt.

Mutter und Bruno hörten, dass der Vater etwas sagte. Sie hatten keine Chance, die Wörter voneinander zu unterscheiden. Die Mutter schmiss das Küchenmesser hin und rannte ins Wohnzimmer.

»Ja?«, schrie sie, »wie soll ich dich hören von der Küche aus?«

»Muss ich alles zwei Mal sagen? Hast du Kartoffeln auf den Ohren?«, schrie der Vater, ehe er sich leise wiederholte, wobei er, ganz gegen die Gewohnheit, nicht im Perfekt, sondern im Imperfekt sprach. »Ich sagte soeben Folgendes …«.

»Kannst du nicht zuhören«, schreit Bruno gelegentlich, ehe sein Blick wieder in das alte erschrockene Gesicht fällt, in diese erstarrte Hilflosigkeit. Und wie sehr tut es ihm dann wieder Leid, die Nerven verloren zu haben! Er wird doch bald sterben, sagt er sich, schau doch, wie alles an ihm zerfällt!

»Was schreist du denn so?«, sagt der Vater.

Bruno sieht die Trauer in den verfärbten Augen. Jetzt möchte er nicht mehr vor Wut, sondern vor Schmerz schreien, aber er ist still. Der Alte legt den Kopf schiefer als normal, oder das sieht nur so aus: In Wahrheit hat er die Schultern hoch gezogen. Vielleicht kann man sagen, er hat die Schulter so hoch gezogen, als hätte man ihn geprügelt. Aber jetzt antwortet er auf das, was Bruno sagte, ohne dass dieser es wiederholt hätte. Er besitzt offenbar eine Art Zwischenspeicher, aus dem er die angeblich nicht gehörten Wörter jederzeit ins Bewusstsein holen kann, und Bruno überwindet seinen Schock und ist ganz milde und freundlich.

3. Am Freitagabend ist Bruno angereist. Sie besuchen sich immer wechselseitig, Bruno und Sabine. Sie ist es gewesen, die ihm die fremd gewordene Heimat wiedergeschenkt hat. Mit Sabine, die nur fünfzig Kilometer von seinem Geburtsort entfernt in der Großstadt wohnt, hat er das alles neu erfahren und an sich genommen. Dieses Mal kam er zu ihr, und er hatte nicht vor, seinen Vater zu besuchen. Gestern waren sie beide damit beschäftigt gewesen, Sabines neue

Wohnung einzurichten, die nur wenige Straßen von der alten entfernt liegt. Lampen waren anzubringen, Regale aufzubauen, und so weiter. Sabine war zwei Wochen vorher eingezogen, einige Umzugskisten waren noch nicht ausgepackt. Ein paar Mal gab es die üblichen kleinen Streitereien, wie sie bei gemeinsam durchgeführten Möbelmontagen üblich sind, nichts Ernstes. Abends waren sie hungrig und gerade dabei auszugehen, um etwas zu essen und Wein dazu zu trinken, als das Telefon klingelte.

»Für dich«, sagte Sabine und kam in die Küche, in der Bruno sich aufhielt. Um ihm das Gerät in die Hand zu drücken, trat sie sehr nahe an ihn heran. Und noch etwas fiel Bruno in diesem Moment auf: Sie schaute ihm ernst in die Augen. Seine Brust wurde kalt vor Angst.

»Es ist was mit eurem Vater«, sagte Olga, die Lebensgefährtin des Vaters. Ihre Stimme klang gepresst. Sie sprach häufig von »eurem« Vater, so, als hätte sie selbst mit diesem Mann, dieser Person, wenig zu tun und so, als wären Bruno und sein Bruder Klaus häufig oder ständig zusammen, was in Wahrheit eher selten der Fall war.

Klaus wohnt in Stuttgart und ist Anwalt. Bruno ist Lehrer und wohnt in Köln. Klaus ist verheiratet und hat drei Kinder, Bruno hat keine Kinder und hofft, dass Sabine bei ihm bleibt, auch wenn nicht nur ihre Distanz zu seiner Lebensgeschichte ihn beunruhigt.

Da gibt es noch zahlreiche andere Kleinigkeiten, die

ihm aufgefallen sind, zum Beispiel, dass das Foto mit seinem Porträt, das immer auf Sabines Schreibtisch gestanden hat, dort keinen Platz mehr hat, obwohl alle anderen Details haargenau wiederhergestellt wurden nach dem Umzug: Die übereinander gestapelten DIN-A-4 Ablagefächer aus braunem Bakelit, vom Großvater geerbt und sauber beschriftet: »Überweisungen«, »Unerledigte Korrespondenz«, »Rechnungen«, und so weiter. Sabine ist äußerst ordentlich, bis hinein in die Tiefen ihres Computers. Auch dort hat sie sehr viele Ordner und fein ziselierte Unterordner angelegt, damit nichts durcheinander kommt: »Vati«, »Mutti«, »Berufliche Korrespondenz«, »Merkzettel«, und viele andere mehr. Diese mit Hingabe gehegte Ordnung erstreckt sich übrigens auch auf Schränke und Kommoden, deren Schubladen mit Hilfe von Schachteln und eingezogenen Fächern feingegliedert sind. Sabine findet alles sofort, niemals muss sie suchen. Ganz anders Bruno: Er verbringt viel Lebenszeit mit Suchen. Hinter dieser fast panischen Ordnungsliebe, dieser Marotte, die Bruno wie ein komplexes Sicherungssystem vorkommt, sieht er übrigens eine ihm unbekannte Angst und Schwäche, und es hat ihn immer sehr gerührt, dass Sabine ihm das alles zeigt oder verrät und ihn daran teilhaben lässt.

Die Schale mit den Schreibgeräten, ebenfalls vom Großvater, sie steht wieder auf dem Schreibtisch, auch das große gerahmte Foto mit der kleinen Sabine auf dem Arm ihres jungen Vaters. Brunos Gedanken an

Sabine sind stets auch Gedanken an dieses schöne hellblonde Kind mit den großen Augen, das sein rechtes Ärmchen ängstlich um den Hals des Vaters geklammert hat. Wie gerne hätte er das Kind und die heutige Sabine gleichzeitig!

»Er ist im Krankenhaus«, sagte Olga. »Heute Morgen ist er umgefallen, mit dem Kopf auf die Tischkante geschlagen, der ganze Teppich voller Blut. Schöne Sauerei, auch an den Tapeten und auf der Couch. Die kann ich wegschmeißen. Ist ja auch niemand da, der sich kümmert, außer mir. Ihr habt ihn ja gut bei mir untergebracht, da habt ihr ja wenig Arbeit mit, ich mach ihm ja alles, und wenn er was bezahlen soll, dann gibt's Worte. Ich meine, er hat schon vorher gesagt, ihm sei übel und alles.«

»Was meinen die Ärzte?«, sagte Bruno.

Sein Mund war innerhalb weniger Sekunden vollkommen ausgetrocknet. Sabine schien es ähnlich zu gehen, sie goss Mineralwasser in das Glas, das auf der Platte des Kühlschranks stand und aus dem Bruno vorher getrunken hatte. Aber sie trank nicht, sondern stützte sich mit ausgestreckten Armen auf den Kühlschrank, wobei sie auf den Spitzen ihrer bestrumpften Füße stand. Offenbar hatte sie gerade Schuhe anziehen wollen, als das Telefon klingelte. Sie drehte den Kopf zwischen den Schultern, die von den Armen nach oben gedrückt wurden, zu Bruno hin. Sabines Schultern – und selbst in dem Augenblick, von dem hier die Rede ist, registrierte Bruno diese Schultern – sind sehr mager. Auch wenn Sabine ganz aufrecht steht, ragen die Schulterblätter ein wenig nach vorne raus. Das findet Bruno »anmutig«, jedenfalls hat er das ein paar Mal gesagt, und Sabine hat ihn aus den Augenwinkeln angeschaut, zweifellos etwas misstrauisch, prüfend, ob er das ernst meine, mehr noch, ob man das denn überhaupt ernstlich tun könne, nämlich, sie, Sabine, als »anmutig« zu bezeichnen.

»Das Herz«, sagte Olga, und Bruno wiederholte für Sabine: »Das Herz.«

»Ich war ja nur kurz im Krankenhaus«, sagte Olga, »und der Arzt hat gesagt, er hat ein schwaches Herz.«

»Und jetzt?«, fragte Bruno, »was macht er jetzt? Hat er ein Telefon am Bett?«

»Ach, du kennst doch euren Vater. Der ist doch geizig. Der hat gesagt: ›Für wen brauch ich ein Telefon?‹«

Bruno wusste: Dies war ein wörtliches Zitat. – Morgen Vormittag gegen elf würde er im Krankenhaus sein, das könne sie, Olga, dem Vater sagen. Und außerdem würde er, Bruno, den Bruder Klaus anrufen und ihn bitten, ebenfalls bis elf Uhr beim Vater zu sein.

Den ganzen restlichen Abend hindurch glaubte Bruno eine gewisse Peinlichkeit zu spüren zwischen sich und Sabine. Vielleicht, dass sich der Vater nun mit seiner Todesnähe der Situation geradezu aufzwang?

Er war jetzt anwesend, ob Sabine wollte oder nicht, und vielleicht hatte sie jetzt ein schlechtes Gewissen, weil sie ihn gemieden hatte? Dieser Gedanke war Bruno sehr unangenehm. Zweifellos, sagte er sich dann, ist das Hereinbrechen einer familiären Extremsituation bei einem der beiden Partner ein Test für die Stärke einer Liebesbeziehung.

»Dann werde ich also deinen Bruder zum ersten Mal sehen?«, sagte Sabine später.

»Ja, ja, er ist anders als ich.«

Erst als dieser Satz verklungen war, hörte Bruno, dass sein Tonfall gereizt gewesen war. Etwas Aggressives war in der Luft stehen geblieben und hatte sie zäh gemacht.

»Wie – anders?«, sagte Sabine

»Ganz anders. Er ist ruhiger, er hat sich mehr im Griff als ich.«

Sabine schwieg.

4. Auf dem Parkplatz, am Sonntagmorgen, ist es zehn Uhr. Sie müssen sich nicht beeilen, denn das Ziel ist nicht mehr weit. Bruno löst sich ein wenig aus Sabines Umarmung und schaut ihr aus einer selten gewordenen Nähe in die Augen.

»Bist du denn gerne mitgekommen?«

»Warum fragst du das jetzt?«, sagt Sabine.

Die ihm gut bekannten drei Falten über ihrer Nasenwurzel tauchen auf. »Was willst du mir unterstellen?« Sie beendet den Blickkontakt mit Bruno.

»Entschuldige«, sagt Bruno, »ich bin mir manchmal so unsicher. – Versteh doch!«

Sabine streicht ihm durch die Haare, ihre Stirnfalten sind wieder verschwunden.

Jetzt klingelt Brunos Handy. Es steht aufrecht im Aschenbecher des Wagens, und im Kopfhörermodus benutzt es einen besonders unangenehmen und lauten Klingelton.

Bruno geht vorne um sein Auto herum zur Fahrertür, obwohl die viel nähere Beifahrertür offen steht. Während er rasch die vier, fünf Schritte zurücklegt, spürt er sehr deutlich die Möglichkeit, geradeaus weiter zu gehen, immer weiter, oder nach rechts abzubiegen, statt nach links zu gehen. Vielleicht konnte er sogar völlig aus allem verschwinden. Aber er weiß gleichzeitig, dass er nichts anderes tun wird, als die Fahrertür zu öffnen, das Telefon zu nehmen, den Stecker des Kopfhörers rauszuziehen, den grünen Knopf zu drücken und »Halder« zu sagen. Er tut es. Ein, zwei Sekunden lang kommt keine Antwort.

»Hier ist Olga. Euer Vater ist heut' früh gestorben.«

Offenbar weint sie, das ist das Erste, was Bruno in seinen Gedanken notiert und was ihn erstaunt.

»Nein!«, sagt er laut.

Eine weitere Pause entsteht, er hört, wie Olga sich die Nase putzt. Sabine ist herangekommen. Sie hat sich in die Türöffnung gebeugt, als sie hörte, wie Bruno »nein« sagte. Sie schaut ihn an, wieder mit den drei Falten über der Nase, die sich, das weiß Bruno, dieses Mal aus Sorge und Hilflosigkeit gebildet haben. Was hat er damals gesagt, als die Nachricht vom Tod seiner Mutter kam? – Er kann sich nicht mehr erinnern.

»Das gibt's doch gar nicht«, sagt er, »wie kann das sein?«

»Ei, ich weiß es doch nicht!«

Olga schreit das heraus, so, als müsse sie sich dringend verteidigen: »Woher soll ich das wissen? Die haben mich eben angerufen, und bis ich Deine Handynummer gefunden hab, ich hab alles durchgewühlt, Euer Vater hat das ja alles in seinen Schubladen versteckt. Ich geh jetzt los, ins Krankenhaus, dort liegt er in seinem Zimmer, haben die mir gesagt.«

»Was ist mit Klaus?«

»Den hab ich zuerst angerufen, der ist wahrscheinlich schon im Krankenhaus.«

»Soll ich fahren?«, sagt Sabine, aber Bruno hat keine Schwierigkeiten mit dem Autofahren. Im Gegenteil, es ist, als habe er im Augenblick eine größere Masse, als sei er stärker mit der Erde verbunden und halte sich entschiedener in seinem Leben auf als noch vor wenigen Minuten. Die Fahrbewegungen des Autos empfindet er so, als seien sie von Schienen vorgeschrieben. Es gibt keine Wahl. Alles wird seinen Lauf nehmen, heute, morgen, die gesamte kommende Zeit. Und in diesem Moment erinnert er sich an die Tage und Wochen nach dem Tod der Mutter vor fast zwanzig Jahren und daran, wie das irgendwann aufhörte und wie ihm erst danach seine Lebensroutine verloren ging.

Die kleine Heimatstadt ist erreicht, dann auch das Krankenhaus, in dem das lange finale Leid der Mutter begann, alles scheint beim Alten, bis auf die neue Schranke vor dem Parkplatz, die sich erst öffnet, nachdem man eine Magnetstreifenkarte gezogen hat.

»Kundenparkplatz«, sagt Bruno, es ist das erste Wort seit mehreren Minuten. Und dann, zu Sabine gewandt: »Dort steht Klaus ...«, er zeigt auf einen dunklen Kombi mit Stuttgarter Kennzeichen, »... vielmehr steht dort sein Auto.«

Sekundenlang, das Auto steht bereits, und der Motor ist gestoppt, denkt Bruno über diese merkwürdige sprachliche Pedanterie nach, die doch ganz und gar nicht zu den Dingen passt, die gerade geschehen sind.

Erst als er aussteigt, bemerkt er, dass sein Rücken schweißnass ist. Sabine geht zunächst an seiner Seite, dann ein, zwei Schritte hinter ihm.

»Herr Halder?«, wiederholt der Portier Brunos Frage, »Zimmer 313, Innere« – so, als lebte der Vater noch. Weiß er nicht, dass Herr Halder tot ist? Aber hätte er sagen sollen: »Der tote Herr Halder«, oder »Die Leiche von Herrn Halder, Zimmer 313, Innere«?

Schon wieder dieses Nachdenken über die Angemessenheit der Formulierungen! Bruno kennt den Weg zur »Inneren«, vor allem kennt er den Geruch der Flure auf der Station. Man könnte sagen, dass dieser Geruch ihm geradezu ins Gesicht klatscht, wie ein feuchter unreiner Lappen. Alles ist jetzt wieder da, es ist gerade erst gewesen, und das Linoleum auf dem Boden glänzt immer noch und schon wieder, rein und tödlich. Eine ernst und sehr müde dreinblickende Krankenschwester kommt ihnen entgegen: »Sie wollen zu Herrn Halder?«

Er sei gegen fünf Uhr bewusstlos und röchelnd aufgefunden worden, von der Nachtschwester, man habe ihn noch einmal auf die »Intensiv« gebracht, aber dort sei er gestorben, an einem Lungenödem. Sehr schlimm findet Bruno hierbei das Wort »röchelnd«. Es klebt in seinen Gedanken fest, ein paar Sekunden lang ist es mächtiger als die ganze übrige Situation. Er fragt nach einem Arzt – von den Ärzten des Nachtdienstes sei keiner mehr da. Er fragt nach der Nachtschwester – auch die sei jetzt nicht mehr im Gebäude. Er will weiter fragen, zum Beispiel, ob man das nicht gemerkt habe bei der Eingangsuntersuchung oder am Abend zuvor, ob der Vater nicht geklingelt habe in der Nacht. Aber schon ist man an der Tür zum Zimmer 313 angekommen, die Schwester und Sabine warten darauf, dass Bruno die Klinke drückt. Als er das tut, als die Tür bereits einen Spalt weit offen steht, sagt die Schwester: »Ich lasse Sie mit Ihrem Vater allein«, sie gibt beiden die Hand und geht. Vielleicht glaubt sie, Sabine und Bruno seien Geschwister?

»Mochtest du lieber hier draußen warten?«, sagt Bruno zu Sabine, die daraufhin heftig den Kopf schüttelt.

5. Das Gesicht des Vaters, ja, der ganze Kopf sieht stark geschrumpft aus, fremd und monströs, ganz und gar nicht so, wie jener beliebte Vergleich behauptet, nämlich so, »als schlafe der Tote bloß.« Nein, aus dem Vater ist ein Alien geworden, blutleer, pflanzenhaft. Sein Mund wird von einer Binde um Kinn und Vorderhaupt fixiert, was den Kopf umso kleiner wirken lässt. Auf der Stirn ist eine Wunde zu sehen, dunkel verschorft, aus ihr wird das Blut auf Olgas Sofa sowie auf den Teppich gelaufen sein. Das weiße Betttuch ist sehr sorgfältig glatt gezogen worden und bedeckt den Körper mitsamt den seitlich anliegenden Armen bis zum Hals. Was Bruno ebenfalls sofort wahrnimmt, sind die auf dem kleinen Tisch in der Zimmerecke liegenden Sachen des Vaters: der Pfeifenbeutel, sein Pfeifenbesteck, die sorgfältig zusammengefaltete Lokalzeitung, außerdem der »SPIEGEL«. Offenbar hat er noch gestern Abend oder sogar heute Nacht an diesem Tisch gesessen und gelesen. Vielleicht hat er sogar geraucht.

Olga sitzt auf dem Stuhl am kleinen Tisch. Sie ist

verheult und hält ein Papiertaschentuch in der Hand. An der linken Seite des Bettes steht Klaus, Sabine stellt sich ans Fußende. Bruno hat nur durch Nicken gegrüßt, als er hereinkam, und sich dann an die rechte Bettseite begeben.

»Du bist allein gekommen?«, sagt er nach einer Weile zu Klaus, ohne den Blick vom Kopf des Vaters zu lösen. »Ob er das alles mitgekriegt hat?«

»Die Schwester sagt, wahrscheinlich nicht, wahrscheinlich ist das im Schlaf passiert«, sagt Klaus.

Bruno bemerkt, dass er gar nicht mit dieser Stimme gerechnet hat, die jetzt zu hören ist. In der Tat hat er Klaus seit Jahren nicht mehr sprechen hören, sieht man von den Telefonaten ab. Jetzt klingt die Stimme laut und tief, aber auch sehr bedrängt, mit plötzlichem Beginn und jähem Ende. Allerdings hört Bruno auch die eigene Stimme so, als müsse sie sich mühsam Platz schaffen, als würde sich dieser Stimmraum sofort und gierig wieder auffüllen, sobald die Sätze verklungen sind. Sie entwickeln keinen Hall, fast wie in einer schallisolierten Kabine.

Minuten sind vergangen, als Bruno das Betttuch oben rechts fasst und den Arm des Vaters frei legt. Klaus sieht es, tut das Gleiche auf seiner Seite, und fast gleichzeitig berühren sie den Vater, der lediglich ein Trägerunterhemd anhat. Klaus legt seine Hand auf die nackte Schulter, Bruno die seine auf den Oberarm. Er drückt seine Fingerspitzen in das fahle Fleisch, das weniger kalt ist, als er erwartet hat. Erst nach einer Weile fällt es ihm auf: Er kann sich tatsächlich nicht daran erinnern, den Vater jemals angefasst zu haben, bis zu diesem jetzigen Augenblick, sieht man vom Händeschütteln ab. Er besitzt ein sehr altes Foto, er war damals drei, vier Jahre alt und hockte auf den Schultern des Vaters. Aber es gibt keine Erinnerung mehr an diese Körperkontakte.

Auch die Hand fasst Bruno noch einmal an. Sie wirkt noch riesenhafter jetzt. Er greift nach ihr und hebt den ganzen Arm ein wenig hoch. Sabine kommt jetzt zu ihm und legt den Arm um ihn. Ob sie am Ende viel mehr verstanden hat, als er vermutete?

Es verstreichen keine zehn Minuten, ehe er vorschlägt, wegzugehen. »Das lässt sich nicht steigern«, sagt er.

Klaus schaut ihn mit einer großen Frage im Gesicht an, äußert aber keine Einwände, und Olga tut etwas, das Bruno sehr unangenehm ist und das er gerne verhindert hätte: Sie küsst den Toten auf die Wange und sagt: »Mach's gut, mein Lieber!«

Draußen ist es inzwischen richtig heiß geworden, genau so heiß wie damals, als die Mutter starb. Ein Wetter, das angeblich überhaupt nicht zum Sterben passt. Bruno ist zumute, als müsse er die Arme ausstrecken, um sich zu seinem Auto vorzutasten, denn im Augenblick kann er den Dingen und Sachverhalten nicht recht trauen.

»Sabine, jetzt musst du fahren, bitte«, sagt er.

Olga fährt mit Klaus. Sie hat zu Hause ein warmes Mittagessen vorbereitet.

Später bittet Bruno Sabine, allein mit Olga im Wohnzimmer zu bleiben, während er und Klaus des Vaters Sachen besichtigen. Es sind nicht viele Dinge, die der Alte noch besitzt oder: »besaß«, wie Bruno sich selbst korrigiert. Er hat sie oben im Dachgeschoss in seinem eigenen kleinen Zimmer versammelt, das er sich von Olga erbeten hatte, ehe er zu ihr zog. Aber Sabine möchte – zu Brunos großer Freude sagt sie das – mitkommen, sie werde sich ganz still in die Ecke setzen.

Das Zimmer des Vaters sieht aus, als sei es sehr lange her, dass jemand hier gewohnt hat. So hat es immer schon dort ausgesehen, wo er sich aufhielt, wie an Orten, an denen keine Spuren von Anwesenheit hinterlassen werden sollten. Auf dem kleinen Fernseher liegt ein Häkeldeckchen, gezeichnet mit einem Kreuz aus Bügelfalten: darauf die Fernbedienung. Neben der Zimmertür die einfachen alten, aber auf Hochglanz polierten Schuhe, alle auf Leisten gespannt und parallel ausgerichtet. Die lange Gardine mit den Falten, deren gleichmäßiger Fall etwas Düsteres hat, obwohl das Tageslicht sie weiß und hell macht. Wenn Bruno, »Gustchen«, wie die Mutter ihn nannte, damals aus dem Fenster schaute und zu diesem Zweck eine Gardine zur Seite schob, konnte er sich noch so sehr bemühen, den korrekten Faltenwurf wiederherzustellen, abends sah der Vater dennoch eine Unregelmäßigkeit im Gardinenfall und verlangte Rechenschaft dafür.

»Glaubst du, ich würd' nicht sehen, wo du mit deinen Klauen hingefasst hast?«

Die wenigen, niemals gelesenen Bücher im Wohnzimmerschrank, sämtlich Ausgaben des Bertelsmann-Leseclubs, dem die Mutter einmal, von einem Vertreter überredet, beigetreten war. Es gab dann einen entsetzlichen Wutanfall des Vaters und schwere Beleidigungen gegen die Mutter.

An der Wand hängen drei gerahmte Fotos. Sie zeigen die Mutter mit schmalem Mund und einer schrecklichen Dauerwellenfrisur, die wie eine Perücke aussieht. Klaus auf dem zweiten Foto wird gerade eingeschult und hält die Schultüte in der Hand. Bruno auf dem dritten ist vielleicht zehn, elf Jahre alt. Man hat ihn wohl aufgefordert zu lächelnd, aber er grinst nicht mit beiden Mundwinkeln, sondern lediglich mit einem. Sabine hat sich alle drei Fotos genau angeschaut, der Reihe nach, und Bruno hat genau darauf geachtet, ob sie vor seinem Abbild länger stehen blieb als vor den anderen. Aber das war leider nicht der Fall. Umgekehrt hätte er es allerdings wohl genauso gemacht, in einer ähnlichen Situation, vor den Fotos von Sabine und ihrer Familie.

Sabine schiebt jetzt die Gardine zur Seite, öffnet beide Fensterflügel und setzt sich auf die Fensterbank.

Die Situation wird dadurch nicht leichter. Der hereindringende hitzige Sommer, auch vereinzelte Vogelstimmen und die Möglichkeit des Blicks in den blauen Himmel, an dem sich inzwischen einige nachmittäglich aufgetürmte Wolken gebildet haben: das alles sorgt dafür, dass Bruno das tote Zimmer und die Vorgänge, die in ihm stattfinden, noch schemenhafter wahrnimmt als vorher. Er möchte raus, in die blaue Ferne, vielleicht auch ganz woanders hin. Von dort aus, von sehr weit her, würde er das offene Fenster und den dunklen väterlichen Raum dahinter als einen winzigen, unbedeutenden Punkt in der Welt empfinden.

Aber in Wahrheit ist er mitten drin in diesem Punkt der Welt. Sehr langsam öffnen Klaus und Bruno die Türen und Schubladen des großen Schranks und der Kommoden, legen alle wichtigen Dokumente zusammen und die übrigen wenigen Dinge, die sie behalten möchten, Briefe, den Schmuck der toten Mutter, Vaters Aktenordner mit seinen Rentenunterlagen und sonstigen lebenstechnischen Formularen, und einiges mehr. Und vor allem die alten Fotoalben, die sie seit Jahrzehnten nicht mehr gesehenen haben. Bruno nimmt dasjenige mit dem feinen grünen Blattwerk auf dem Textilumschlag in beide Hände, dreht sich zur Ecke des Zimmers und schlägt das Buch auf. Da sind sie, die schwarzen Pappseiten, jeweils durch mehr oder weniger beschädigtes ornamentiertes Pergamentpapier voneinander geschieden, die Kriegsfotos, die Fotos mit der Frau. Er hat sie alle ganz genau im Gedächtnis gehabt. Rasch schlägt er das Album wieder zu, legt es zu den anderen Dingen.

Als er im Frühjahr vorschlug, einen Plan zu verwirklichen, den er seit Langem insgeheim gehegt hatte, reagierte der Vater wie auf eine Zumutung. Während des Zweiten Weltkriegs war der Vater in Genua stationiert gewesen, als Funker in der Kriegsmarine. Aus dieser Zeit stammen die Bilder, die kleinen Schwarzweißfotos mit weißen, gezackten Rändern. Da saß der Vater als auffallend gut aussehender Marinesoldat auf dem Steingeländer des Genueser Leuchtturms, hoch über dem Hafen, das Fernglas in der Hand, eine kleine Tabakpfeife zwischen den Zähnen, lächelnd. Andere, zahlreich vorhandene Fotos zeigten das Hafenbecken mit ausgebombten, halb untergegangenen Schiffen. Als kleiner Junge, daran erinnert sich Bruno genau, fielen ihm vor allem die überaus langen Schornsteine auf, die aus dem Wasser ragten, auch wenn die Schiffe versenkt waren, die »Dampfer«, wie er sie nannte, sowie die Tatsache, dass der Vater offenbar keinerlei Höhenangst kannte. Zwei, drei Fotos gab es von einer schönen Frau, die, wie Bruno damals schon fand, aber erst heute bestätigt findet, tatsächlich der Mutter ähnlich sieht. Ein Foto zeigte den Vater zusammen mit dieser Frau. Bruno vermutet, dass er höchstens sechs, sieben Jahre alt war, als er die Fotos zum letzten Mal zusammen mit dem Vater betrachtete. Jedenfalls geschah das nicht mehr in der Wohnung, in die sie zogen, als Bruno sieben war. Er hatte das Album seitdem nie wieder gesehen und sich nicht getraut, nach ihm zu fragen.

Aber immer wieder hatte es diese kurzen, sehr wortkargen Erzählungen gegeben, von der Torpedierung des väterlichen Schnellbootes vor Capri, von Monte Cassino, was Bruno noch lange für eine Art Urlaubsort hielt, schon des schönen Klanges wegen, von der Gefangennahme auf einem Sommersitz des italienischen Königshauses, wo man vorher die Vollblutpferde des Gestüts geschlachtet hatte, von der Gefangenschaft, von der Miniaturpistole, die der Vater zerlegt im Stiefelabsatz hatte, um sich zu erschießen, wenn es zu schlimm werden würde.

Manchmal hatte er dann plötzlich italienisch gesprochen, im Wohnzimmer auf der Couch sitzend. Niemand verstand ihn mehr, aber er war dann sowieso in einer anderen Welt, die er wohl mit niemandem teilen mochte.

Nach Italien wollte Bruno ihn noch einmal bringen, im vergangenen Mai, und schließlich kam es zu dieser sehr anstrengenden Reise, die nach Genua führte, später mit dem Mietwagen zu einem kleinen Ort in Apulien, dorthin, wo das Gefangenenlager gewesen war, von dem allerdings keine Spur mehr existierte.

»Egal, ist doch egal, was soll's?«, sagte der Vater, als Bruno sein Bedauern darüber äußerte.

Die ganze Woche hindurch spiegelten sich Verzweiflung und Schmerz in seinem Gesicht, er sprach kaum, nur dann, wenn er unbedingt irgendwo hin wollte, zum Beispiel zum Genueser Leuchtturm. Auch nach der Rückkehr gab es keine Kommentare über die Reise, keine Geständnisse, keine Tränen, kein Hilferuf, keine Berührung.

Nach der Beerdigung wollen sie die Dinge abholen. Sie beraten sich darüber, was jetzt zu tun, wie diese Beerdigung und alles Weitere zu organisieren sei. Bruno ist sich sicher, dass man das im Internet nachlesen kann, da gäbe es Listen über notwendige Maßnahmen im Sterbefall. Klaus winkt ab, er sei schließlich Anwalt, und außerdem erinnere er sich sehr gut an die Prozeduren nach Mutters Tod. Möglicherweise steckt ein Vorwurf in dieser Bemerkung, gegen Bruno, der damals zu nichts fähig war.

Olga bringt Kaffee. Bruno wünscht sich, dass sie sofort wieder geht, aber sie bleibt minutenlang. Bruno glaubt, dass sie beobachten möchte, welche Wertsachen vorhanden sind und eingepackt werden. Nachdem sie endlich gegangen ist, sagt Klaus: »Sparbuch, Schmuck und so weiter nehmen wir am besten gleich heute mit.«

6. »Klaus!«, sagt Bruno.

Er sitzt neben Sabine auf der Fensterbank und raucht eine Zigarette. Es ist die erste seit drei Jahren. Er hat sie von Sabine, die Gelegenheitsraucherin ist und die ebenfalls gerade raucht. Seine Hand, die die Zigarette zum Mund führt, zittert. Er rückt ein bisschen näher zu Sabine, damit sein Oberschenkel den ihren berührt. Dann hebt er den linken Arm und beschnüffelt seinen eigenen Schweißgeruch, dessen Intensität ihn überrascht und beschämt. Klaus schiebt im offen stehenden Schrank Sachen hin und her. Es sieht sehr gehetzt aus, was er da macht, gehetzt und völlig planlos.

»Sag mal, erinnerst du dich an eine Peitsche, mit der er uns verprügelt hat?«

Klaus dreht sich rasch zum Fenster hin. »Natürlich erinnere ich mich, wieso fragst du?«

Er beginnt sofort wieder zu hantieren, er hebt einen Stapel Handtücher aus dem Schrank. Sie sind exakt übereinander gestapelt, die Vorderkanten wie mit Hilfe eines Lots ausgerichtet, so, wie auch Sabine ihre Handtücher stapelt.

»Die sind garantiert noch von der Mama gebügelt und gestapelt«, sagt Klaus.

»Lass sie bitte hier! Nicht einpacken!«, sagt Bruno.

»Natürlich nicht!« Klaus stellt den Handtuchstapel zurück in den Schrank.

»Ich frage das«, sagt Bruno, »weil ich seit Jahren überlege, ob es die Peitsche überhaupt gegeben hat.

Manchmal bin ich mir ganz sicher, und mir fallen Geschichten dazu ein. Dann glaube ich, ich habe das geträumt oder so was. Aber du –, du warst älter damals.«

»Er hatte sie von seinem Vater, vom Opa«, sagt Klaus nach einer Weile, »von dem ist er selbst mit dem Ding behandelt worden.« Er hat jetzt aufgehört zu räumen, sich zu Sabine und Bruno umgewandt.

»Opa war gestorben und noch nicht mal beerdigt, da kam er schon mit der Peitsche an. Richtig fröhlich war er, irgendwie stolz, ich weiß das noch ganz genau. Das sei eine alte russische Peitsche aus dem neunzehnten Jahrhundert. Die Mama hat überhaupt nichts dazu gesagt. Du warst der erste, den er damit verprügelt hat. Ich kam anschließend dran. Es waren sieben rissige Lederriemen, ein Siebenstriemer war das. Der Holzgriff war ganz blank und abgegriffen, und der Eisenring oben am Griff, weißt du – der die Riemen zusammenhielt, der war verrostet. Wenn er sie in der Hand hielt, – sie sah aus wie ein Krake, irgendwie. Die Mutter hat geschrieen, er soll uns nicht ins Gesicht und auf den Kopf schlagen. Das hat sie immer gesagt.«

Bruno schweigt eine Weile, neben sich Sabine, die plötzlich sehr aufgewühlt scheint. Die senkrechten Stirnfalten sind da, extrem tief eingeschnitten. Erstaunlicherweise wirken ihre Mimik und ihre Stimme jetzt sehr verärgert, so, als hätte Bruno sich ungehörig benommen.

»Du willst doch nicht tatsächlich behaupten, dass ihr mit der Peitsche verprügelt worden seid? Warum hast du mir das nicht erzählt?«

»Ich sagte doch, ich war mir nicht sicher«, sagt Bruno, »außerdem habe ich mich geschämt.«

»Geschämt?«

»Ja, geschämt. Verstehst du das nicht?«

Sabine schweigt, schaut weg von Bruno und mit gesenktem Kopf und Oberkörper hinunter auf den Boden vor dem Fenster.

Alle sind jetzt still. Kein Vogel ist zu hören, erst nach einer Weile arbeiten sich die leisen Stimmen der Grillen aus der Stille hervor. Aber Bruno spürt die heißen Strahlen der tiefer stehenden Sonne auf seinem Rücken in ähnlicher Weise, als gäbe es einen gleichmäßigen, tiefen, dröhnenden Ton, der unter der Stille liegt.

»Einmal hatten wir seine Zigarettenkippen auf einen Holzspieß gesteckt und angezündet«, sagt Klaus. »Niemand war zu Hause. Es qualmte schön, aber irgendwann war der Spieß durchgebrannt, die Glut fiel auf den Boden und machte zwei, drei kleine Brandlöcher. Du wolltest weglaufen, irgendwo hin, aber ich hielt dich fest. Und dann sind wir unter das Elternbett gekrochen, da waren wir öfters, um uns zu verstecken, das machte Spaß, denn niemand konnte uns da rausholen, wenn wir ganz in der Mitte unterm Doppelbett waren. Wir fühlten uns sicher und geborgen dort und zupften manchmal an den Spiralfedern der Sprungrahmen, die unterschiedliche Töne von sich gaben. Du wolltest immer ›Hänschen klein‹ zupfen, das klappte nicht, aber Du hast das Lied trotzdem zu den falschen Tönen gesungen. Ich glaube, dieses Mal lagen wir stundenlang, oder es kommt mir heute so vor. Jedenfalls hatten wir fürchterliche Angst. Die Peitsche lag im Schrank, hinter den Handtüchern, wir wären da rangekommen, aber wir trauten uns nicht. Wenn er das gemerkt hätte, wäre er ja noch rasender geworden.«

»Irgendwann kamen sie nach Hause. Er hat dann das Bett abgebaut, erst die Federbetten abgeräumt, die Betttücher, ›ich schlag sie tot!‹, hat er gebrüllt. Dann die Matratzen, sechs Stück waren das, für jede Betthälfte drei. Wir wussten, dass gleich was sehr Schlimmes passieren würde, und niemand würde uns helfen. Die Mama hat wohl die Peitsche geholt, damit er uns nicht mit den Fäusten schlug, was er gerne tat. ›Nimm wenigstens die Peitsche!‹, hat sie geschrieen, ›du hast ihnen ja sowieso schon den Verstand rausgeprügelt.‹«

»Dann kam der erste der beiden Sprungrahmen dran. Er hob ihn komplett raus aus dem Bettgestell. Plötzlich war nichts mehr zwischen uns und ihm. Dich hat er zuerst geholt, dann lagst du auf dem Boden, er hat voll zugeschlagen mit der Peitsche, minutenlang. Irgendwann hast du nicht mehr geschrieen. Dann kam ich dran, aber die Mutter hatte inzwischen die Gashähne in der Küche aufgedreht. Er hat ihr eine reingeschlagen, dann war irgendwie alles vorbei.«

Wieder gibt es nur die Hitze im Zimmer, die Sonnenstrahlen, die Grillen, die Heuschrecken. Jetzt ist eine Biene oder Wespe zu hören. Vielleicht wäre es gut, sie käme ins Zimmer? Aber zu Brunos Enttäuschung fliegt sie vorbei, ihr Brummen verschwindet. Er hat sich seit Minuten nicht mehr gerührt, auch Sabine sitzt immer noch nach vorne gebeugt, bewegt sich nicht.

»Und – hast du gerade eben die Peitsche gesucht, ich meine – hinter den Handtüchern?«, sagt Bruno. Er streckt jetzt den Oberkörper gerade, um die Erstarrung aufzulösen.

»Nein, nein! Das heißt – vielleicht will ich irgendwas Wichtiges finden, ich weiß nicht …«.

Auch Klaus bewegt sich wieder, dreht sich erneut zum Schrank hin, legt die rechte Hand auf den Handtücherstapel.

»Die wichtigen Sachen lagen ja immer hier im Schrank, immer hinter den Handtüchern. – Die Peitsche hab ich selbst weggeschmissen, ich muss so zehn, elf gewesen sein. Ich hab sie im Wald vergraben, und dann hab ich ihn dabei beobachtet, wie er sie im Schrank gesucht hat, aber er hat nichts gesagt, nichts gefragt. Vielleicht war er froh darüber, dass sie weg war.«

7. Der Abend ist da. Klaus hat telefonisch ein Hotelzimmer reserviert. Olgas Angebot, man könne doch bei ihr übernachten, hat er ebenso wie Bruno abgelehnt. Bruno wies darauf hin, dass Sabine morgen früh zur Arbeit müsse.

Sie werden zu ihr nach Hause fahren, er wird bei ihr übernachten. Sabine ist sehr nervös, sie hat lange nichts mehr gesprochen, aber es ist nicht zu übersehen, dass sie unbedingt weg möchte. Bruno fängt an, sich zu verhaspeln bei seinen Versuchen, Verabredungen für den morgigen Vormittag zu treffen, »um zehn Uhr«, einigt man sich schließlich, wird man sich im Beerdigungsinstitut einfinden, dort, wo man schon der Mutter wegen war. Klaus wird einen Termin machen, Bruno wird in aller Frühe wieder hier sein.

»Bring ein paar Umzugskartons mit«, sagt Klaus.

Und dann drückt er Bruno den Baumwolltragebeutel mit den wichtigsten Dingen aus dem Zimmer in die Hand.

Auf dem Weg zum Auto geht Bruno hinter Sabine her. Er spürt etwas wie starke Schuld, er weint, so heftig ist der Wunsch nach Erlösung. Woher kommt diese Verwirrung? Aus der Situation mit Sabine? Oder rührt sie von dem Skandal her, dass diese Probleme mit den Gedanken an den toten Vater verschmelzen, wie er im Zimmer 313 oder im Kühlhaus liegt, wie er da liegt, ohne dass irgendjemand ihm hatte vergeben können.

Feuchtere Luft ist eingeflossen, der Himmel ist fast vollständig bezogen. Es ist wahrscheinlich schwül und drückend geworden, aber Bruno kann das lediglich vermuten. Seine Sinneswahrnehmungen sind blockiert von jenem zähflüssigen, dröhnenden Ton, der von unten aufsteigt und nach unten ziehen möchte und der vielleicht die Botschaft darstellt, dass nichts sich je klären, aber alles an ein Ende kommen wird.

Jetzt taucht noch einmal die halbe Sonnenscheibe im Westen auf, besser gesagt: sie sinkt aus einer Wolke heraus. Viel Zeit hat sie nicht mehr, sie wird bald hinter dem Wiesenhang untergehen, über dem sie sich gerade noch befindet – und jetzt ist sie auch schon wieder eingeholt und aufgefressen von einer heraneilenden Wolkenfranse. Lediglich einige Strahlenbündel brechen über den gleißenden Rand hervor und durch das dunstig helle Grau hindurch, das auch in den Wolkenzwischenräumen das Blau des Himmels ersetzt hat. Sie färben den Fuß des nächsten schwarzen Wolkenturmes scharlachrot, so, als befände sich die Sonne nicht über, sondern vielmehr unter den Wolken.

Jeter un œil sur Paris. Volker Genrath hat sich mit dem linken Arm auf den Rand der Doppelspüle aufgestützt. Nach vorne gebeugt, über den Geschirrberg hinweg, der den oberen Rand der Spülen weit überragt, schaut er durchs Küchenfenster nach draußen auf die Straße, wo der kleine Wohnwagen geparkt ist. Seit einigen Tagen herrscht ruhiges Hochdruckwetter, wie so oft gegen Mitte Oktober. Der Himmel hat das kühle klare Blau des Herbstes. Es ist später Nachmittag. Nur wenige Minuten, nachdem der Sonnenball hinter der Dachkante des Wohnwagens verschwunden ist, wird er durch dessen sich gegenüber liegende und stark verkratzte Kunststofffenster hindurch langsam wieder sichtbar. Eine rege Phantasie könnte sich ausmalen, dass das Licht, das nun die Küche in ein schönes warmes Rotgelb taucht, aus dem Inneren einer wohnwagenförmigen Statue herausströmt, um zu zeigen, dass alles nicht nur gut, sondern sogar heilig wird. Volker entfährt eine Art Grunzen, vermutlich ein Hinweis auf Optimismus und dafür, dass er die Botschaft verstanden hat, wie sie ihm wohl nicht nur aus der Sonne, sondern auch aus der geöffneten Bierflasche zugeflossen ist, die er in der rechten Hand hält.

Einerseits sind es die stets zahlreich vorhandenen

Geschäftsideen, die ihn, der eigentlich seit Jahren in absolut aussichtsloser Lage ist, immer weiter durchs Leben ziehen. Zum Beispiel wird er das baufällige Haus auf dem schönen Grundstück am Waldrand demnächst sehr billig erwerben und mit spektakulärem Gewinn weiterverkaufen. Das hierfür benötigte Kapital kann er sich doch kurzfristig bei Freunden borgen! Er trägt diese und andere Ideen, die in eine Zukunft voller Wohlstand, Reisen und Sexualität führen werden, wortreich vor, wenn er betrunken ist, wobei die Wörter derart schnell aus ihm herausfließen, dass sie sich gegenseitig überholen. Dann kommt zum Beispiel das Objekt vor dem Verb ins Ziel – oder auch der Punkt ist plötzlich da, und der Satz endet, ehe überhaupt das Verb gefunden ist. Auch überlagern sich die Wörter und löschen sich gegenseitig aus. An diesen Stellen schnappt Volker nach Luft. Oft ist er überhaupt nicht mehr zu verstehen, was aber egal ist, weil ihn sowieso niemand sehr ernst nimmt. Allerdings: Unterhaltsam sind sie schon, diese Darbietungen, vorausgesetzt, man ist den Schrägheiten des Lebens sehr konsequent und hingebungsvoll zugewandt. Im Übrigen ist es manchmal auch anrührend, wie so jemand einfach nicht aufgeben will, ganz egal, welchen Irrsinn er dabei produziert. Das ist ein Lebenskampf, wie er härter kaum sein kann, und Volker führt ihn sehr tapfer, mit allen untauglichen und selbstzerstörerischen Mitteln. Sogar die Unverschämtheiten, die er sich im Rausch der eigenen Worte erlaubt, werden ihm deswegen von seinen wenigen Freunden und Bekannten immer wieder verziehen.

Aus der Vergangenheit unterstützen ihn die Erinnerungen. Wenn man so will, schieben sie ihn weiter voran durch die Existenz, die er führt, während ihn die Ideen und Projekte von vorne ziehen. Einer wie er hat schon immer, überall, wo er war, Aufregungen und Missgeschicke provoziert, er hat die Leute verrückt gemacht, wo er konnte, und deswegen haben sich viele lustige und gefährliche Dinge ereignet, die er, wenn er sich in seinen Redezustand hineingetrunken hat, gerne erzählt.

Der winzige Wohnwagen draußen, mit dem grüngrau algenbewachsenen Dach, den er neulich für hundertfünfzig Euro bei Ebay ersteigert hat, um eine weitere Geschäftsidee ins Werk zu setzen, ist fünfundzwanzig Jahre alt, riecht innen stark nach Feuchtigkeit und Schimmel, verfügt über eine Liege, einen zweiflammigen, sehr explosiv aussehenden Campingkocher sowie über eine kleine Spüle mit Wassertank. Morgen in aller Herrgottsfrühe wird Volker den Anhänger nach Paris ziehen. Es ist Oktober, da kann man noch sehr gut im Wohnwagen übernachten. Im Bois de Boulogne gibt es einen Campingplatz, sagt die Angestellte im Reisebüro »Sunset«, die kleine Jana mit dem runden Arsch, die Volker – das ist nur eine Frage der Zeit – irgendwann erbarmungslos von hinten vögeln wird. Von dort aus werden die Besuche der zentralen Buchhandlungen stattfinden. Das ist allemal billiger als selbst das billigste Hotel, und außerdem müssen ja auch die fünfhundert Bildbände transportiert und aufbewahrt werden. Noch lagern die Bücher in der Garage, wo auch der zweihundertvierziger Mercedes-Diesel W 123, Baujahr 1983, steht.

Die Erinnerungen, die ihn schieben: Gerade hat er solch einen süß-melancholischen Gedanken an die Zeiten, als man sich darauf freuen konnte, dass das eigentliche, wilde und gehaltvolle Leben erst noch beginnen würde. Volker trinkt die Bierflasche mit einem einzigen Zug leer, um das aufsteigende, heroisch-hoffnungslose Gefühl ins Unermessliche zu steigern. Auf diese Weise herbeigeführte Intensivierungen aller möglichen Emotionen haben bislang immer wunderbar geklappt. Als Primaner waren sie an Weihnachten nach Paris gefahren, zu dritt. Einer hatte einen guten VW-Käfer, und weil er nicht allein nach Paris fahren wollte, nahm er Volker kostenlos mit, ihn und einen gemeinsamen Freund, der übrigens schon über zehn Jahr tot ist. Er hatte Krebs, vom Schnapstrinken und Rauchen.

Jedenfalls war es damals spät nachts, als sie in Paris ankamen. Sie fuhren zwei, drei Mal, brüllend vor Lachen, auf der Périphérique um die Stadt herum, weil sie keine passende Abfahrt fanden, vollgekifft, wie sie waren, und dann suchten sie am Montparnasse nach einem Hotel, das möglichst runtergekommen und billig aussah, und solch ein Hotel zu finden, das war kein Problem.

Es war sehr kalt damals. Heute hingegen ist es erstaunlich warm und angenehm für einen Oktoberabend. Dafür kann man dankbar sein! Deswegen zündet Volker sich eine Zigarette an, inhaliert sehr tief, grunzt und holt sich ein frisches Bier aus der vorderen Zone des Kühlschranks. Lediglich zwei, drei Schritte werden hierfür benötigt, nur ein knappes Ensemble körperlicher Bewegungen ist also zu beobachten, das dennoch ausreicht, um geradezu schlagartig den Spitznamen zu verstehen, den Volker bei seinen Freunden trägt: »der Pinguin«. Für das rasche Verständnis macht man zunächst die Form der Nase verantwortlich, die jetzt im Profil sichtbar wird. Es handelt sich um eine so genannte Entenschnabelnase. Jedenfalls ist die Spitze dem Erdboden näher als der gesamte Rest der Nase, wie das ja auch bei den Schnäbeln der Enten, vieler anderer Vögel und natürlich beim Pinguin der Fall ist, jedenfalls dann, wenn letzterer den Kopf nicht zum Himmel hebt. Zum anderen hat man den Eindruck, Volkers Beine, Unterleib und Bauch schöben sich vor seinen Schultern in den Raum hinaus, und dies ist tatsächlich nur bei einem einzigen Vogel so, nämlich beim Pinguin. Kaum ist das wahrgenommen, hat es schon den Anschein, als ob die Nase die Bewegungsrichtung des gesamten Lebewesens nicht nur anzeige, sondern sogar befehle. Auch diesen Eindruck erweckt ganz ähnlich der Schnabel des Pinguins. Entscheidend ist aber, drittens, dass Volker, wenn er sich bewegt, so aussieht, als trüge er einen Frack. Wie das möglich ist, hat noch niemand erklären können. An der Kleidung kann es nicht liegen, sie ist meistens eher schlampig. Aber alle Beobachter sind sich einig über die Existenz dieses seltsamen Phänomens.

Die rückwärtigen Bereiche des Kühlschranks sind seit Jahren vollkommen außer Kontrolle geraten. Die Dinge dort – Salamischeiben, Joghurtbecher, Plastik- und Aluverpackungen – zeigen sich zum Teil von Eis überwuchert und nicht mehr eindeutig identifizierbar. Der Pinguin nennt diese Fossilien »Ötzis«, und darüber lacht er jedes Mal herzlich. Sie seien mit einem Fluch behaftet und dürften nicht aufgetaut werden. Er tut die zwei Schritte zurück zur Spüle und betrachtet wieder den Wohnwagen. Die Sonne ist jetzt endgültig verschwunden, hinter der Böschung gegenüber. Der Abend ist da, und insgesamt bedeutet dies für den Pinguin, dass der erfreulichere Teil des Tages beginnt.

In Paris geschah nicht viel, damals an Weihnachten und während der Tage bis Silvester, außer dass Schnee fiel und sich in dreckigen Matsch verwandelte. Zum Aufwärmen besuchte der junge Pinguin sogar den Louvre und tat am Anfang so, als sei er fasziniert von den Kunstwerken. Bis zur Mona Lisa brauchte er etwa zwei Stunden, weil ziemlich viele schöne Mädchen unterwegs waren und diese Museumssituation ihn immer besonders aufgeilte, ähnlich wie Bibliotheken und Kirchen das taten. So ist das übrigens heute noch. Es muss etwas mit der Stille zu tun haben oder mit der Unverdächtigkeit des Aufenthaltes an diesen Orten. Körperliche Annäherungen an Frauenkörper sind jederzeit gestattet, man ist ja gezwungen, sich vor den Kunstwerken, Büchern oder in kirchlicher Andacht eng beieinander zu versammeln. Damals im Louvre allerdings erlahmten die Triebe aufgrund eines heftigen Katers rasch. Am Ende wurde der Pinguin immer schneller, rannte fast an den Sachen vorbei und durch irgendwelche total vergoldeten Schlafzimmer von Louis dem Vierzehnten oder Fünfzehnten hindurch, grauenhaftes Zeug jedenfalls, das man hätte zerhacken sollen. Dann kam der Silvesterabend, und sie hatten fest vor, die allgemeine Euphorie zu nutzen, um Mädchen kennen zu lernen. Sie waren wirklich fürchterliche Idioten. Es wurde zwölf, sie standen vor den Fensterscheiben der teuren Restaurants in der Kälte und schauten, wie alle ihr Leben irgendwie im Griff hatten, alle außer ihnen selbst. Zur Knallerei kamen die Leute kurz raus, dann leerten sich die Straßen wieder, es fing an zu schneien, und man war allein. Wieder einmal waren die Pläne nicht aufgegangen.

So viel zur Erinnerung. – Kommen wir jetzt zum viel versprechenden aktuellen Geschäftsprojekt! Der Bildband »Jeter un œil sur Paris« enthält etwa einhundert Schwarzweißfotografien eines völlig unbekannten Nürnberger Fotografen, den der Pinguin über eine Anzeige im Fachorgan »Der Remittend« kennen gelernt hat. Über den »Remittend« beschafft sich der Pinguin Ware für die Weihnachts- und Flohmärkte, auf denen er Büchertische einrichtet. Der Fotograf, ein frankophiler Autodidakt, der sich sogar einen französisch klingenden Künstlernamen zugelegt und in seine Ausweispapiere hat eintragen lassen, »Leon de Chaumeil«, steckte sein gesamtes Vermögen in diese Veröffentlichung im eigens gegründeten Verlag, der »Édition Magique«. Die Bilder, auf gutem Fotopapier, in ausgezeichnetem Druck, zeigen die üblichen Sehenswürdigkeiten, häufig vor spektakulären Wolkenformationen, außerdem Straßenszenen, viele mit schwarzen oder maghrebinischen Einwanderern, einige davon auch aus den gettoartigen Vorstädten. Die Hoffnung des Künstlers, die Bände würden in Paris wie warme Semmel, oder, wie man dort sagen müsste, wie warme Croissants weggehen, scheiterte auf irgendeinem unbekannten Vorfeld. Jedenfalls ist das Werk offenbar niemals in ein Vertriebssystem gelangt, niemals ist ein einziges Buch verkauft worden, Leon de Chaumeil ist inzwischen schwer vom Trunk gezeichnet und glaubt an eine Verschwörung »der globalisierten Industrie«, wie er sich dem Pinguin gegenüber mehrfach ausdrückte, gegen »die Kunst und die Künstler«. Übrigens hat er diese Theorie zusammen mit anderen Verschwörungstheorien auch auf seiner Website veröffentlicht (www.leon-de-chaumeil.de). Am vorletzten Wochenende fuhr der Pinguin mit einem zum Sondertarif geliehenen Transporter nach Nürnberg und kaufte die gesamte Druckauflage, fünfhundert Mal »Jeter un œil«, zwanzig Pakete mit je fünfundzwanzig nicht sehr dicken Büchern, zusammen über eine viertel Tonne schwer und ganze 250.– Euro teuer. Der vom Leben ausgezehrte und erschöpfte Fotokünstler, mit dem der Pinguin sich ausgezeichnet verstand, besonders nachdem beide eine ausgedehnte Rede- und Trinktour durch die Nürnberger Kneipen gemacht hatten, war sogar damit einverstanden, das Geld erst nach der Verkaufsaktion zu erhalten.

Wenn der Pinguin die Bände für nur fünf Euro das Stück in die Pariser Buchhandlungen bringt, natürlich gegen Cash und ohne Rechnung, was angesichts der bei diesem Einstandspreis im Buchhandel erzielbaren Verdienstspannen von zwei- bis dreihundert Prozent kein Problem sein kann, wird er zweitausendzweihundertfünfzig Euro verdient haben, sagen wir: zweitausend, wenn man die Spesen abrechnet, das alles in höchstens zwei, drei Tagen, und natürlich schwarz. Und eine Reise nach Paris springt obendrein noch dabei raus! Dieser Gedanke ist derart erfreulich, dass der Pinguin gezwungen ist, sich ein weiteres Bier zu holen.

Er schläft stets mit geschlossenem Fenster, die Rollläden dicht verschlossen, in absoluter Finsternis, um nicht vom Einbruch des hellen Tages gestört zu werden. Er leidet unter der Besonderheit, dass das Trinken ihn nicht ermüdet, sondern aufputscht, sozusagen beschleunigt. Wie gedopt wirkt er dann, und wenn er nachts um ein, zwei Uhr tatsächlich das Bemühen aufgeben muss, die Glücksoptionen, deren Zahl sich im Lauf des Abends dramatisch vermehrt hat, vor Zeugen zu erläutern – ganz einfach deswegen, weil niemand mehr wach ist, der ihm zuhören könnte – kann er keineswegs schlafen, sondern muss noch weitere drei, vier Biere trinken, um »abzutörnen«, wie er sagt. Etwas Haschisch soll außerdem die von einem letzten, entscheidenden Stimmungsaufschwung vorbereitete resignative Selbstbeschwichtigung herbeiführen, was leider selten gelingt. Seine Freunde wissen aus leidvoller Erfahrung, dass er um diese frühmorgendliche Zeit auch dazu neigt, sie anzurufen und aus dem Schlaf zu reißen, um ihnen in einer Sprache, die dem Deutschen, überhaupt dem Menschlichen allenfalls noch ähnlich, ungeachtet dessen aber sehr ausschweifend ist, den neuesten, höchst erfreulichen Entwicklungsstand der geschäftlichen und sexuellen Projekte zu präsentieren.

Bedauerlicherweise ist es nicht in aller Herrgottsfrühe, sondern bereits gegen neun Uhr dreißig, als der Pinguin das mit rauer und verschleimter Stimme ausgeheulte Wehklagen von sich gibt, mit dem üblicherweise sein Aufwachprozess beginnt. Dieser Klagelaut ist noch mehrere Male, immer lauter, zu hören, ehe der Pinguin schließlich das Licht anschaltet und nach den Zigaretten und dem Feuerzeug tastet. Aus dem geplanten frühen Zubettgehen am Vorabend wurde nichts. Gegen einundzwanzig Uhr wurde Fred herbeizitiert, das ist ein einzelgängerischer, wahrscheinlich sogar völlig vereinsamter junger Mann ohne Ehrgeiz, der für Volker unentgeltlich Arbeiten aller Art verrichtet, besonders am Haus und im Garten, ein Faktotum sozusagen. Wenn spätabends gar nichts anderes mehr geht, wird Fred zum Trinkkumpan gemacht, er ist jederzeit abrufbar, bringt immer ausreichend Weißwein aus eigenem Anbau und Zigaretten mit, ist außerdem ein sehr anregender Gesprächspartner, der fast immer schweigt, trinkt und raucht. Gelegentlich bestätigt er, wie aussichtsreich und gut durchdacht die Pläne des Pinguins sind. Allerdings nimmt er niemals Stellung zu dessen umfangreichen sexuellen Vorhaben. Geschlechtsverkehr, jedenfalls der vom Pinguin geplante, scheint keine Sache zu sein, zu der Fred sich äußern möchte. Aber das fällt dem Pinguin überhaupt nicht auf. Er läuft gestikulierend und immer wieder stöhnend vor Optimismus, Tatendrang, hohem Blutdruck und Geilheit durch die Wohnung, raucht ununterbrochen, greift sich gelegentlich an den offenbar einsatzbereiten Hodensack, besonders dann, wenn er beschreibt, wie spektakulär er demnächst die kleine geile Jana »aufspießen« wird. Er legt neues Holz in den Kaminofen, dessen aus dem undichten Abluftrohr austretender Qualm große Teile der Tapete geschwärzt hat, und die Gläser mit dem Weißwein werden immer schneller leer. Dazwischen kommt das elektronische Blutdruckmessgerät zum Einsatz, das der Pinguin auf Anraten seines Arztes gekauft hat. Jedes Messergebnis, das unterhalb der persönlich definierten Alarmgrenze von einhundertsechzig zu hundert liegt, wird bejubelt, mit einem großen Schluck Wein und einer frischen Zigarette belohnt.

Heute früh, gegen ein Uhr, ging Fred nach Hause, ließ allerdings noch ein Literchen Wein zurück, und der Pinguin vertrieb sich die Zeit mit einem sehr alten Pornovideo aus einer Zeit, als man noch Spaß an experimentellen Sprachspielen hatte. Weil der Computer im Augenblick vollkommen mit Viren verseucht ist und keine Ausflüge ins Internet mehr ermöglicht, musste das Produkt mit dem Titel »Dornmöschen auf der Bohrinsel« neulich reaktiviert werden. Erst gegen drei Uhr und nach Einnahme der ärztlich angeratenen Betablocker trat der Schlaf ein.

Es ist selbstverständlich noch nichts gepackt. Aber erst mal muss der Pinguin aufs Klo, das Gedärm ist – wenn man das so sagen kann – ein Spiegel der äußeren Umstände, also ständig in Unordnung und Aufruhr. Aus dem Klo dringen weitere interessante Varianten dieser bereits erwähnten animalischen Grunz- und Stöhngeräusche. Auch ist das Brummen des Blutdruckmessgerätes zu hören, das offenbar synchron zur Darmentleerung in Betrieb gesetzt wird, mehrfach hintereinander, wahrscheinlich so lange, bis ein befriedigendes Messresultat erreicht ist.

Danach, während das Wasser für den grünen Tee

erhitzt wird, geht's an den Mehrzwecktisch Nr. 2. – Tisch Nr. 1 steht oben im so genannten Arbeitszimmer, trägt den Computer und ist ansonsten nicht mehr benutzbar, weil sich seit über einem Jahrzehnt Dokumente und Briefe dort abgelagert haben, Schicht für Schicht, inzwischen bis zu einem halben Meter hoch, ein Sediment, wenn man so will, auf dem Grund des trüben Lebens, das der Pinguin führt.

Mehrzwecktisch Nr. 2 steht im Wintergarten, der sich an die Küche anschließt und an sich ein schöner Raum ist. Seit einigen Monaten dient er der Ablage von frischen Postsendungen, Rechnungen, Zetteln mit Telefonnummer, aktuell wichtigen Dokumenten, Bier- und Weingläsern, benutzten Tassen und Tellern, Bestecken und Aschenbechern. Auch ein Mobiltelefon befindet sich auf dem Tisch, das jüngst aus der Hosentasche gerutscht, ins Klo gefallen und seither defekt ist, sowie ein Paar Schuhe mitsamt Schuhcreme und Bürste. Offenbar ist irgendwann ein Putzvorgang unterbrochen und nicht wieder aufgenommen worden. In seiner voluminösen mittelgrünen Unterhose mit dem ausgeleierten Gummibund steht der Pinguin an diesem Tisch und wühlt in den Unterlagen, sucht irgendwas und sieht schon wieder, trotz der Unterhose und trotz des nackt aus ihm herauswachsenden Bauches, so aus, als trüge er einen Frack. Viel Staub ist in der Luft, ebenfalls heftiges, ja brüllendes Husten. Der Pinguin leidet wohl sehr, sein Atem geht zäh, und es ist auch, um ehrlich zu sein, zwischendurch schon wieder Stöhnen zu hören, dieses Mal die erboste und genervte Variante. Sehr lang zieht sich das alles hin.

2. Gegen siebzehn Uhr geht es endlich los. Man fährt sowieso besser in der Nacht: weniger Verkehr, keine Staus, schön Musik hören! Außerdem fällt in der Nacht der dicke schwarze Qualm nicht auf, den der alte Diesel meistens produziert! Die Beladung von Wohnwagen und Kofferraum mit den Büchern erforderte, wie sich rasch herausstellte, die Hilfe von Fred. Vor der Arbeit tranken die beiden jeder ein Bier. Welch ein Labsal! Es gibt nichts Besseres gegen den Kater und für den Menschen! Wie das Bier in den geschundenen Organismus förmlich hinabsinkt, wie es sich in feinsten Kapillaren überall hin verteilt und am Ende eine derartig elementare Lebensharmonisierung erzeugt, dass man geradezu einen schwebenden Klang zu hören glaubt, in dessen schöner Mitte man friedvoll und unsterblich existiert. Diese Wirkung, die von den Blutdruckmessungen bestätigt wurde, ließ sich, wie sich dann herausstellte, durch ein zweites Bier noch steigern.

Dann kam der Hunger, und der Pinguin briet ein paar Eier. Kaum war Fred gegangen, kam die Müdigkeit, gefolgt von neuer, erschreckend starker Geilheit, und so weiter. Schnell verrannen die Stunden.

Der Wohnwagen macht hinten links Schleifgeräusche in sehr rascher rhythmischer Abfolge, überhaupt gebärdet er sich unangenehm mit seiner schweren Last. Das Schleifen verschwindet glücklicherweise, als der Pinguin eine Tankstelle anfährt und ordentlich Luft in die alten Reifen bläst. Auch das Schlingern des Anhängers lässt etwas nach, dafür steigen aus den Ablagerungen des pinguinschen Gemütes der Kater und die Erschöpfung wieder auf, und ein Erlösungsbier muss getrunken, eine Currywurst verzehrt werden. Es ist dann eine große, stöhnende Befriedigung für den Reisenden, als er zum ersten Mal, schon in Frankreich, den Daimler abschließt, nach hinten zum Wohnwagen geht, die Tür öffnet, über die Bücher steigt, in die Spüle pinkelt, in der ein paar ausgedrückte Filterzigaretten zu schwimmen anfangen, die elektrische Wasserpumpe betätigt, sich dann auf der Schaumstoffmatratze ausstreckt, um ein, zwei Stündchen zu schlafen. Vorher ruft er noch die geile Jana mit der Absicht an, ihr vom ersten erfolgreichen Reiseabschnitt zu berichten und vom Glück, in den eigenen vier Wänden auf dem Autobahnparkplatz zu verweilen. Wann es denn endlich losginge mit ihnen beiden? – Er umgreift seinen Sack und grunzt, als er diese Frage stellt. Aber Jana ist gerade bei ihrem Freund, »das passt jetzt nicht«, sagt sie und beendet das Gespräch. Die wird sich noch wundern!

Erst am nächsten Abend, nach zahlreichen unerwarteten Verzögerungen, irrt das deprimierende Gespann durchs verregnete Paris, der rote 240er Diesel, hintendran der schmutzig-grauweißgrüne Campingwagen mit deutlicher Schlagseite backbords, dort nämlich, wo die Bücher liegen. Der Pinguin ist in euphorischer Stimmung, er antwortet auf die Hupkonzerte, die seine unkonventionelle Fahrweise hervorruft, mit ausgelassenem Gegengehupe, winkt den Autofahrern, den Passanten und Polizisten fröhlich zu. Sein Gesicht trägt jenes breite Grinsen, das ihm schon häufig Ärger eingetragen hat, weil es, von Nahem betrachtet, unfreundlich und voller Hohn wirkt. Mehrfach stoppt er in zweiter Reihe, schaltet die Warnblinkanlage an, beugt sich hinüber zum geöffneten Beifahrerfenster, ruft sehr laut »Monsieur« oder »Madame, Pardon!« in Richtung Trottoir, um, wieder mit dem erwähnten Grinsen, nach dem Weg zum »Bois de Boulogne« zu fragen, wo er schließlich, am Ufer der Seine, tatsächlich Quartier bezieht, für zwanzig Euro pro Tag, »Niedrige Jahreszeit«, »Einfacher Stellplatz«, wie es auf der Tafel des Campingplatzes heißt. Der Pinguin platziert den Wohnwagen rückwärts in die zugewiesene Parzelle, was zunächst nicht gelingen möchte. Vielmehr bäumen sich Wohnwagen und Daimler unter schwerer Qualmentwicklung aneinander hoch, die Auflaufbremse des Anhängers ist nicht gelöst, die Antriebsreifen drehen durch. Währenddessen regnet es immer heftiger, was insofern nützlich ist, als der Stellplatz zwar einen Wasser-, aber keinen Abwasseranschluss hat. Bei all dem Geplätscher und Gespritze wird es nicht weiter auffallen, wenn sich der inzwischen hauptsächlich mit Urin gefüllte Abwassertank auf die Wiese entleert.

Schließlich sind Hänger und Daimler nebeneinander eingestellt. Der Pinguin öffnet die Tür seines Domizils, die merkwürdigerweise klemmt. Und eigentlich hat er es schon am Rand seines Gesichtsfeldes wahrgenommen, aber erst mal von sich weg geschoben, was sich nun, als er im Innenraum steht, unanzweifelbar offenbart: Der Boden des Wohnwagens hat sich an der Seite, an der die schweren Bücherpakete liegen, von der Seitenwand gelöst. Durch einen bis zu zwei, drei Zentimeter breiten Spalt kann man die Wiese draußen sehen, und überall im Wagen steht Wasser, das durch den Spalt eingedrungen ist. Ein bisschen länger noch durch Paris gefahren, ein paar Schlaglöcher mehr, und alles wäre nach unten durchgebrochen. Der Pinguin bleibt erstaunlich ruhig, holt sich eine Flasche Bier aus dem Stauraum unter der Schaumstoffmatratze, trinkt, aber grunzt nicht dazu. Es stellt sich heraus, dass die Außenwand aus einem Verbund von Sperrholz und faserigem Plastik besteht, der mit dem Boden verklebt und verschraubt war. Jetzt ist alles auseinander gerissen, und die Situation scheint sich durch des Pinguins neu hinzugekommenes Gewicht noch zu verschlimmern, so dass er rasch einige Bücherpakete unter den Wohnwagen schiebt, wo sie, auf den beiden untergelegten Matten aus dem Daimler, einigermaßen vom Wasser geschützt sind. Den größeren Teil der Bücher verlagert er auf den Rücksitz des Daimlers und in den Fußraum der Beifahrerseite. Der Kofferraum sieht – vom Organisationsgrad und auch vom Inhalt her – so ähnlich aus wie der Kühlschrank zuhause. Es hatten gerade noch die Reisetasche Platz und der Kleidersack mit dem Smoking von Volkers verstorbenem Vater. Mehr konnte man da nicht mehr hinein tun. Gerade kommen die Leute vom Nachbarstellplatz offenbar von einem Ausflug zurück zu ihrem großen Wohnwagen. Vier Leute sind es, wohl eine Familie, die Eltern, ein kleiner Junge und ein schönes, vielleicht achtzehnjähriges Mädchen. Alle bleiben stehen und schauen sich das Geschehen an, und Volker winkt und grinst, schweißüberströmt und regennass, wie er ist: »Ça va?!«, sagt er, und »Mon Dieu!«, indem er die beiden, inzwischen sehr schmutzig gewordenen Hände wie ein den göttlichen Segen einholender Papst zum dunkelgrauen Himmel hebt.

»Sie können deutsch mit uns reden«, sagt der Familienvater mit holländischem Akzent. »Da haben sie aber ein starkes Problem mit ihrem Caravan.« Er deutet auf den merkwürdig verbogen aussehenden Anhänger und schüttelt beide Hände, als habe er zwei Mixbecher gleichzeitig zu bedienen.

»Probleme, Probleme! Das ganze Leben: ein einziges Problem, hahaha! Was soll man machen?«, sagt der Pinguin, schaut dabei aber nicht den Familienvater, sondern das Mädchen an.

Gleich der erste Abend in Paris verläuft derart erfolgreich, dass es vier Uhr am Morgen wird, bis die holländische Familie durch den harten Klang des heimkehrenden Diesels geweckt wird. Der Pinguin ist offenbar in einem begnadeten Zustand und kommuniziert angeregt mit sich selbst. Als er den Motor gestoppt und das Auto verlassen hat, ist diese Kommunikation weithin zu hören. Sie besteht aus einem Klangteppich, der sich aus Satzfetzen, Grunz- und dunklen, außerordentlich hingebungsvollen Brunftgeräuschen zusammenwebt. Das alles deutet erfahrungsgemäß auf viel versprechende Kontakte mit Frauen hin, Kontakte, die um ein Haar bereits heute Nacht zu Geschlechtsverkehren geführt hätten. Zu dem Haar, das zwischen ihm und der Sexualität lag, verhält sich der Pinguin abwechselnd verärgert und frohgemut. Verärgert, weil er ja nur diesen Satz auslassen und jenen hätte sprechen müssen, und dann wäre es abgegangen mit den vier Negerinnen, man müsse sich das nur mal vorstellen, »acht Titten!«, schreit er in die Nacht. – Frohgemut, weil das Verpasste ja selbstverständlich nachgeholt wird, und dann nüchtern, ausgeschlafen und umso wilder und besser und stundenlang mit gewaltiger Dauererektion, ein herrlicher Gedanke! Er überprüft den Sitz seiner Hoden. Offenbar ist alles am Platz. »Aaaaah! Des cochoooonnes merveilleuses! Aaaaah! Je suis raide dingue d'elles!«

Es ist gut, in Paris zu sein und sein Heim dabei zu haben! Jetzt, da der Wohnwagen von den Büchern befreit ist, wird er den Belastungen, die durch eine Kopulation entstehen können, gewiss standhalten, oder? Aber was ist, wenn alle vier mitkommen? Sicherheitshalber errichtet der Pinguin unter dem losgerissenen Boden am Rand des Wohnwagens drei Stützen aus Büchern, vorne, hinten und direkt unter der Eingangstür. Das jeweils oberste Buch wird mühsam mit dem Handgriff des Bordspatens eingetrieben. Es ist inzwischen halb fünf, zwei finale Flaschen Bier sind während der Arbeit getrunken worden, im holländischen Wohnwagen brennt jetzt Licht, aber tatsächlich: Der Boden hebt sich am Ende sogar ein wenig, die beschädigte Seite hat sich stabilisiert, sogar der ganze Wagen ist ein wenig aufrechter positioniert. Das Problem ist also fürs Erste gelöst, und was hinzukommt, – es hat nicht nur aufgehört zu regnen, auch ist der Mond aufgegangen, und es ist ein beinahe kompletter frühherbstlich rötlicher Vollmond. Auch dies ist zweifellos ein gutes Omen für den kommenden Tag.

Gegen vierzehn Uhr dreißig, es hat inzwischen wieder angefangen zu regnen, wird die verklemmte Tür des Wohnwagens durch kräftige Fußtritte von innen geöffnet, der Pinguin platscht, lediglich mit einer dieser Unterhosen sowie einem Sweatshirt bekleidet, eine Plastikflasche mit Wasser in der linken Hand, an deren Gelenk außerdem das Blutdruckmessgerät befestigt ist, barfuß durch die Pfützen zum Auto, aus dem er den Kleidersack holt. Es geht dann eine Weile lang rein und raus aus dem Caravan, zwischendurch auch mal zur Toilettenanlage des Campingplatzes, die Wasserversorgung am Stellplatz wird angeschlossen, innen im Wagen, vor dem kleinen Spiegel, finden Pflegemaßnahmen statt, schweres Stöhnen, Husten und Heulen dringt bis hinüber zu den Holländern, die sich gerade, mit vier großen Regenschirmen ausgerüstet, anschicken, einen weiteren Ausflug zu unternehmen. Der Familienvater kommt vorher noch rüber zum Nachbarn, schaut durch die offene Tür auf den Pinguin und erkundigt sich, ob »das jetzt immer so« gehe nachts.

«Monsieur, nein, pardon!», schreit der Pinguin, grinsend, mit der Wasserflasche in der einen Hand, der Zahnbürste in der anderen und schon wieder viel zu laut, »die Geschäfte! Verstehen? Die dauern manchmal sehr lange, comme-ci comme-ça, nicht wahr?«

Eine halbe Stunde später verlässt er dann den Wohnwagen, tatsächlich und offenbar allen Ernstes mit dem dunklen Smoking seines Vaters bekleidet, Seidenrevers, Galonstreifen an den Hosennähten, allerdings ohne Weste, Kummerbund und Fliege, dafür mit kariertem Hemd und mit Schuhen, die man vielleicht »Vertreterschuhe« nennen könnte, zwar mit Ledersohlen versehen, insgesamt aber schief und billig aussehend, mit Gummizug über dem Rist und goldenen Seitenschnallen. Unter gequältem Stöhnen entfaltet er einen dieser widerspenstigen Ein-Euro-Regenschirme, pinkfarben, trägt ihn in der linken Hand, während er mit der Rechten einen schäbig aussehenden so genannten Trolley hinter sich her zieht, ein großes Exemplar, das offenbar sehr schwer ist und mit seinen Rollen tief im nassen Boden versinkt. Schon die Strecke hin zum Auto, die kaum länger ist als zuhause der Weg vom Küchenfenster bis zum Kühlschrank, lässt deutlich werden, dass ausgerechnet der Smoking, von dem doch ganz sicher eine weitere Verstärkung des Pinguinesken am Pinguin zu erwarten war, auf wundersame Weise genau das Gegenteil bewirkt hat. Es scheint, der beschriebene Wesenseindruck lässt sich nicht durch äußere Maßnahmen unterstreichen, er zieht sich vielmehr trotzig zurück, wenn ihm etwas zu nahe kommt, wie in diesem Fall der Smoking. Der Pinguin jedenfalls sieht jetzt aus wie ein ganz normaler Bekloppter, der sich seine Kleidung auf dem Flohmarkt kauft und irgendwelche, möglicherweise gerontophile sexuelle Irrwege geht, auf denen ihn sein angeschwollenes Gepäckstück begleitet.

Die bislang eindrücklichsten Pariser Erfahrungen hat der Pinguin übrigens nicht während seines bereits erwähnten ersten Paris-Aufenthaltes gemacht, damals an Weihnachten, sondern erst einige Jahre später, nachdem er während eines Bade- und Trinkaufenthaltes in der Bretagne eine junge Pariserin kennen gelernt hatte. Es wäre damals um ein Haar etwas gelaufen zwischen den beiden. Aber als der Pinguin die Rückreise in Paris unterbrach, um die angefangene

Liebesgeschichte erfolgreich zum Gipfel zu führen, erwies sich die angegebene Wohnadresse der Kleinen als nicht existent. Zwar fand er, nach stundenlangem Umherirren, tatsächlich die schmale, dunkle Einbahnstraße oben am Montmartre, nicht aber die angegebene Hausnummer (128, Rue Véron). Nirgends eine Justine Leclaire! Es folgte dann jene aus vielen Erzählungen berühmte Verzweiflungsnacht im VW-Käfer, geparkt in zweiter Reihe am Boulevard de Clichy, mitsamt Betrunkenem, der sich nachts zum Pinguin ins Auto warf, den Huren, die ans Fenster klopften, dem Polizist, der am nächsten Vormittag vor dem VW stand und ungerührt von den beiden in zweiter Reihe Schlafenden den Verkehr regelte.

3. Der legendäre Aufenthalt im Vergnügungsviertel Clichy hat den Pinguin offenbar geprägt, denn gestern Abend fuhr er zielsicher in das bekannte Revier. Sein Tatendrang war deutlich am raketentriebwerksartigen Rußausstoß des zwar vom Wohnwagen befreiten, aber schwer mit Büchern beladenen Diesels zu erkennen. Das ist immer so beim Pinguin. Es lässt sich das Vorhandensein von Elan und hohem Blutdruck, überhaupt aller getriebenen Zustände, also auch von Lüsternheit oder Zorn, am Abgasverhalten seines Wagens erkennen. Das heißt mit anderen Worten, dass der Daimler fast immer qualmt. Einzig in den seltenen und stets sehr kurzen nüchternen Intermezzi fährt der Pinguin fast sanft, streichelt das Gaspedal, überlässt Fußgängern resigniert den Vortritt, Autofahrern die Vorfahrt und erzeugt insgesamt nur wenig Qualm.

Das war gestern aber anders. Bier und Vorfreude hatten den Pinguin mächtig beflügelt. Als sein Sensorium ihm mitteilte, dass die Gegend von damals erreicht war, jedenfalls ungefähr, die Place Blanche, genauer gesagt, nahm er gleich in der erstbesten Bar mit diesem Mienenspiel Platz, das er mit Sicherheit für weltmännisch hält: Er zieht dann den Mund zusammen, stülpt ihn leicht nach oben, so dass die entstandene Mundkugel fast die überhängende Nasenspitze berührt, und er nickt ganz leicht dazu, immer wieder, zwei senkrechte Falten auf der Stirn, die Augen nach unten gesenkt, im gestrigen Fall auf den Tresen, an dem er auf einem uralten Barhocker mit abgeschabter Samtpolsterung saß. Zu dieser Mimik passende Sätze wären zum Beispiel: »Aha, genau so habe ich es in Erinnerung«, oder: »Mein Gott, wie viele solcher Läden habe ich schon gesehen in meinem Leben!«, und auch der Pastis mit Eis und Wasser, den er bei der alten Dame hinter dem Tresen bestellte, fügte sich zu diesen weltmännischen Sätzen. Man war ja in Paris! Die Dame, man sah ihr trotz, oder gerade wegen ihrer krüstchenhaften Magerkeit an, dass früher ziemlich viel dran gewesen war an ihr, hatte weiße Locken mit einem leichten Violettton. Als sie den Pastis vor den

Pinguin stellte, fuhr dessen aufgestaute Leutseligkeit geradezu überfallartig aus ihm heraus. Es dauerte keine Viertelstunde, bis man beim Terrorismus angelangt war, von dem aus die Wirtin, sie hieß Marie und war nach eigenen Angaben vierundachtzig Jahre alt, völlig unvermittelt, wahrscheinlich auf alten, tief eingetretenen Denk- und Sprechbahnen, zum Spanischen Bürgerkrieg kam, an dem sie nämlich als junge Kommunistin teilgenommen habe, und so weiter. Ab zehn Uhr wurde es voll, Marie hatte keine Zeit mehr, dafür kamen dann die bereits erwähnten vier dunklen Schönheiten mit den tief sitzenden engen Bluejeans herein und nahmen nebeneinander am Tresen Platz. Der Pinguin, bereits aufs Äußerste beschleunigt, aber wegen des Wegfalls der Gesprächspartnerin Marie schon eine Weile sozusagen kommunikativ in der Luft hängend, bog sich sofort zur Nachbarin hinüber, eröffnete das Gespräch, auf Englisch, denn die vier sprachen ebenfalls Englisch und kamen, wie sich herausstellte, aus Nigeria. Die folgenden beiden Stunden verbrauchten insgesamt zwanzig Glas Drambui auf Eis, ein Getränk, das der Pinguin seit Jahrzehnten als angeblichen »Büchsenöffner« einsetzt, also vier mal fünf Drambui, was der Spender, der sich als »publisher« vorgestellt hatte, nur deswegen bezahlen konnte, weil er zwischenzeitlich nach draußen zum Geldautomaten ging. Immerhin gab es dann von allen vier Frauen Abschiedsküsschen, ehe sie, allerdings die weitere Begleitung durch den Pinguin ablehnend, in ein

Taxi stiegen. Morgen, sagten sie, seien sie wieder in derselben Bar.

Der nächste Gesprächspartner war gegen ein Uhr nachts ein Phänomen, das auf Inline-Skates um eine Ecke bog. Der Pinguin hatte in zwei Bars je ein Beruhigungsbier getrunken, und befand sich in einer dunklen Straße. Zunächst war lediglich die helle Sportkleidung zu sehen, und das Phänomen sah aus wie ein enthauptetes Wesen, das sich auf den geschockten Pinguin zu bewegte, dann abbremste, sehr rasch eine Folie entrollte und quer zum Bürgersteig ausbreitete, sich hinlegte, indem es die Skates in einem geeigneten Kellerfenstergitter einhakte und damit begann, unter rhythmischem Stöhnen sehr sportive Situps zu machen. Inzwischen war der Pinguin näher gekommen und erkannte, dass es sich bei dem vermeintlich Enthaupteten um einen Schwarzen handelte, der da trainierte und ihn aus seinem durchaus vorhandenen Gesicht heraus sehr freundlich angrinste. Später, in der Bar, man trank inzwischen rasant braunen Tequila, behauptete er, die vier Schönheiten zu kennen, man könne sie haben, wenn man es nur richtig anstelle, er selbst habe alle vier gehabt, jede einzelne habe ihre Spezialität, »des cochonnes merveilleuses, je suis raide dingue d'elles«. Am nächsten Abend würde er ebenfalls in die Bar kommen und die Sache würde klar gehen für den Pinguin, versprochen! Um zweiundzwanzig Uhr!

4. Aber jetzt heißt es erst einmal, frisches Geld zu besorgen, die Bücher an den Mann zu bringen! Vom Buchautor Leon de Chaumeil selbst hat der Pinguin die Adresse einer großen Buchhandlung erhalten, die von einer Deutschen Buchhändlerin geführt wird, am Montparnasse, sehr beliebt bei den Touristen, eine absolute Goldgrube! Der Stadtplan liegt kleingefaltet auf dem Lenkrad, aber all diese Einbahnstraßen! Die schrecklich ratternden Scheibenwischer! Inmitten einer Qualmwolke kommt der Daimler schließlich in einer Parkverbotszone zum Stehen, und das Gespann, das sich aus dem Pinguin, im karierten Hemd mit Smoking, und dem schweren Trolley zusammensetzt, kommt in Bewegung, teilweise überwölbt vom pinkfarbenen Regenschirm. Jetzt werden die Folgen der nächtlichen Exzesse deutlicher, zunächst hörbar, nämlich als lautes Stöhnen, was besonders auffällt, weil zusätzlich die Rollen des Trolleys zu quietschen beginnen, dann auch sichtbar, denn dem Pinguin bricht der Schweiß aus und läuft in mehreren Bahnen über das gerötete und gedunsene Gesicht. Das Ziel, die Buchhandlung »Le Flamant« in der Rue Bonaparte, ist zwar beinahe erreicht, aber das Quietschen der Rollen hat sich in ein schlimmes, sehr helles Kreischen knapp unter dem Ultraschallbereich verwandelt. Ein kleiner Hund versucht, den Trolley zu stellen, bellt wie rasend und schnappt immer wieder nach dem Feind. Der Pinguin verhält sich unbeteiligt, als bemerke er das alles gar nicht, als habe er nichts zu schaffen mit diesem Skandal. Immer mehr Blicke beobachten den Mann im Smoking sowie das Wägelchen, das ihm dichtauf und lautstark folgt. Da scheint es plötzlich zu viel zu werden für den Pinguin. Abrupt biegt er ab in ein Cafe, nimmt einen Tisch nahe vom Eingang und stellt den Trolley hin. Erst danach kann er den Schirm zusammenfalten, und er plumpst auf den Stuhl. Kränklich sieht er aus – vermutlich ist es der Blutdruck – und der herrische Gesichtsausdruck, mit dem er ein großes »Pression« bestellt, wirkt nicht nur wegen der Narrenkleidung unglaubwürdig. Die Zigarette ist halb geraucht, das Bier hat die hektischen Augenbewegungen beruhigt, und eine Weile lang ist ein etwas starrer, aber friedvoller Blick durch die Scheibe nach draußen gefallen. Jetzt aber kommt plötzlich Bewegung in die Szene, der Pinguin hebt den Ölflakon aus der Menage, bückt sich zur Seite und gießt je einen kräftigen Schuss Öl auf die beiden Rollen des Trolleys. Es entstehen sofort zwei große Pfützen auf dem alten Holzboden, und hektisch werden dünne Servietten aus einem jener Serviettenspender gerissen, wie sie auf jedem französischen Caféhaustisch stehen, in die Pfützen getaucht, ölgetränkt unter den Tisch geschoben. Allein, es hilft nichts gegen die Ausbreitung der Flecken, und das alles ist jetzt auch dem Kellner aufgefallen, der sich nähert und sein strenges »Monsieur, qu' est-ce qu' il y a?« spricht. Der Pinguin muss nichts bezahlen für das Bier, dafür aber sofort, mit dem Trolley zwei Ölspuren auf den Boden zeichnend, das Lokal verlassen. Der Schweiß rinnt noch stärker als zuvor an ihm hinunter, aber immerhin, das Kreischen ist fürs Erste verstummt.

Frau Fleischer, die Buchhändlerin im »Le Flamant«, ist nicht anwesend, dafür ihre Geschäftspartnerin, ebenfalls eine Deutsche, zirka fünfundvierzig, kurze, flamingorosa Haare, die sofort aufs Peinlichste farbliche Korrespondenz mit dem Regenschirm aufnehmen, der auf dem Trolley liegt. Es ist des Weiteren unübersehbar, dass der Smoking des Pinguins und das ganze Outfit der Buchhändlerin sozusagen in die gleiche antiautoritär-lumpenästhetische, dem jeweiligen Lebensalter nicht angemessene Kerbe hauen. Beide, Pinguin und Buchhändlerin sind, wenn man so will, unfreiwillig Kollegen in Sachen Lächerlichkeit. Man könnte meinen, der Pinguin mitsamt seinem Schirm und seinem Gepäckstück seien von irgendwo her gesandt worden, um die Buchhändlerin in vernichtender Weise ad absurdum zu führen.

Sie trägt eine Camouflage-Hose, Trekkingschuhe, ein ärmelloses grünes T-Shirt, unter dem sich schreckliche residuale Brüste von deutlich unterschiedlicher Größe ausmachen lassen, hat sehnige, aber welke Arme und wirkt auch sonst ziemlich alterslesbisch. Zum Beispiel ist sie ganz und gar humorlos, was den Pinguin, seine bloße Erscheinung und seine Wortkaskaden, seine Scherze angeht. Noch niemals ist er derart aufgelaufen! Die Mundwinkel der Buchhändlerin verziehen sich kein einziges Mal, ihre Sätze haben allesamt eine abfallende Tonmelodie, und ihre Stimme ist näselnd wie die Stimme einer niedrigadligen hanseatischen PR-Agentin. Der Pinguin scheint Körpergröße einzubüßen, und vermutlich schrumpfen auch seine Genitalien, die sowieso, nach dem heftigen Alkoholgenuss heute Nacht, nicht in bester Verfassung sein dürften. Neben ihm steht der Trolley, zwar mit nur wenig geöffnetem Reißverschluss, aber die Bücher drücken und quellen heraus, als wolle sich da eine Blähung gewaltsam entladen, ein sehr bedrohlicher Anblick für jeden potentiellen Kunden. An der Wand hinter der Kasse hängt ein Foto, es zeigt die Gesprächspartnerin sowie eine andere Kurzhaarige, vermutlich Frau Fleischer, die Inhaberin des »Le Flamant«, in partnerschaftlicher Outdoorkleidung und mit Rucksäcken, an denen je ein kleines Stoffwesen hängt. Es könnte sich um Bärchen handeln, aber auch um Hasen oder Ottern. Die beiden Frauen posieren jedenfalls nebeneinander und fühlen sich offensichtlich emotional und erotisch voneinander angezogen, die eine mit roten, die andere mit grauen Haaren. Oder sind es vielmehr die Rucksäcke, die einander begehren? Jedenfalls ist es gespenstisch, was man da sieht. Man mag sich das alles nicht vorstellen! Im Hintergrund ragt ein Gebirge auf.

Der Pinguin starrt immer wieder auf das Foto. Furcht steht in seinen Augen, der Schweiß rinnt stärker. Zweifellos spürt er, was hier vorgeht, dass er sowieso kein einziges Buch verkaufen wird, dass er sogar froh sein kann, wenn er überhaupt heil wieder weg kommt von hier.

»Nehmen sie Ihre Bücher ruhig wieder mit. Da haben wir Besseres zu bieten hier. Sie haben übrigens eine abgestandene Alkoholfahne. Das ist widerlich. Hat ihnen das noch niemand gesagt? Und nun gehen sie bitte. Auf Wiedersehen.«

Zweifellos hat der Pinguin heute, vermutlich aber bereits seit sehr langer Zeit, hart am Rand seiner Kräfte operiert, und es bedurfte nur noch dieser scharfen kleinen Niederlage, um ihn vollkommen zu dekonstruieren. Während der verregneten Rücktour zum Auto murmelt er mit hasserfülltem Gesicht Dinge vor sich hin. Einige Male ist deutlich das Wort »Fotze« zu hören, lautlich ragt es sozusagen schroff aus den anderen undeutlichen Wörtern hervor. Die schirmtragende Hand fasst häufig auf den Magen, dort ist wohl ein ernstes Problem entstanden. Er hätte kein Wasser aus dem Tank des Wohnwagens trinken sollen! Oder war es das Bier? Das rechte Bein der Smoking-Hose hat mehrfach Kontakt mit dem Öl am Trolley gehabt und sieht sehr verkommen aus, und zu allem Überfluss beginnen die Rollen bald wieder zu kreischen, wie es scheint, sogar noch lauter als zuvor. Es ist jetzt achtzehn Uhr, es hat alles keinen Sinn mehr heute, man kann die Verkaufsoffensive morgen fortsetzen. Um zehn warten ja auch die Negerinnen, darauf muss er sich vorbereiten. Ein Baguette, ein Camembert, ein paar Flaschen Contrex und zwei Sixpacks mit Kronenbourg kommen noch ins Auto, unter dessen Scheibenwischer ein achtzig Euro schwerer Strafzettel geklemmt ist. Dann geht es zurück zum Wohnwagen, und der Grund für den üblen süßlichen Kotgeruch, der sich während der Fahrt immer mehr verstärkt, wird erst auf dem Campingplatz entdeckt: Eine der Rollen ist offensichtlich durch Hundescheiße gefahren. Der Pinguin lehnt den Trolley an den Wohnwagen, so dass die Rollen in Regenpfützen stehen und ein automatischer Reinigungseffekt eintreten kann. Zwischen Wohnwagen und Trolley klemmt er den Griff des aufgespannten Regenschirms. Noch im Smoking steckend, sinkt er danach auf die Liege, stöhnt, furzt mit ungesundem Klang und schläft, während aus dem Regen Starkregen wird, der auf das Dach trommelt. Es blitzt und donnert jetzt außerdem, der Wohnwagen wird von Windböen geschüttelt. Später, es geht bereits auf acht Uhr zu, steht das Wasser etwa fünf Zentimeter hoch auf dem Stellplatz, also auch unter dem Wohnwagen, wo immer noch etwa ein Drittel der Druckauflage verwahrt ist, auf den inzwischen überschwemmten Automatten. Der Pinguin liegt bäuchlings auf dem Wohnwagenboden, den Kopf streckt er zur Tür hinaus, leuchtet mit der Taschenlampe unter den Wagen. Das ist vorbei, mit den Büchern da unten! Überhaupt hat sich die Lage zugespitzt, alles in allem, denn der Schirm ist weggeweht worden, der Trolley völlig durchweicht. Inwendig waren die Bücher nicht einmal von Packpapier geschützt, der Pinguin hat sie nämlich einzeln übereinander gestapelt, und sie haben fast alle etwas abbekommen. Jetzt bleiben nur noch die Exemplare auf dem Rücksitz des Daimlers.

Der Pinguin zieht sich ins innere Gemach zurück, setzt sich auf die Liegestatt und öffnet ein frisches Kronenbourg, reißt die Flanke des Baguettes mit den Fingern auf, beißt Stücke vom Camembert ab und legt sie mit den Zähnen in das Innere des Brotes. Er kaut mit starrem Blick, mechanisch, kein Grunzen ist zu hören. Doch ein Rest von Hoffnung scheint vorhanden: Ehe er losfährt, shampooniert er, mit runtergelassener Smoking-Hose, Schwanz und Hoden unter dem dünnen Strahl, den die ratternde Elektropumpe produziert. Das muss reichen! Unter den herrschenden widrigen Bedingungen muss man sich auf das Kerngeschäft konzentrieren!

5. In der Bar wird er von Marie und von Eduard, dem sympathischen Schwarzen, begrüßt, der heute keine Inline-Skates, sondern weiße Slipper trägt. Eduard lobt den Smoking, sehr schick sei der, und er werde den Frauen gefallen. Die vier Schönen sind noch nicht gekommen, aber das sei nur eine Frage der Zeit. Eduard nennt den Pinguin immerzu »mon amie«, damit hat er schon die vergangene Nacht angefangen. Leider kann er nur dann, wie versprochen, heute

Abend die Getränke zahlen, wenn der Freund ihm hundert Euro leiht. Aber wozu gibt es Freunde? Noch heute Nacht wird er einen anderen Freund treffen, der schuldet ihm viel Geld, und dann wird er die hundert Euro zurückzahlen. Inzwischen haben die Schmerzen im Bauch wieder zugenommen, die Übelkeit hat sich verstärkt, und der Pinguin, blass im Gesicht und meist gekrümmt auf dem Barhocker sitzend, ist froh darüber, dass Eduard die Geschäftsführung des Abends übernimmt. Er gibt ihm das Geld, und Eduard spendiert ihm davon einige Pastis auf Eis, die seien gut gegen die Magenbeschwerden. Gegen zweiundzwanzig Uhr kommen endlich die vier Schönen aus Nigeria, und tatsächlich scheinen Sie Eduard gut zu kennen. Sie begrüßen zuerst ihn, danach den Pinguin mit jeweils vier Küsschen, insgesamt also fallen zweiundreißig Küsschen, und noch einmal reißt sich der Pinguin zusammen, lächelt, wie er meint, charmant, parliert, aber die Übelkeit nimmt ständig zu. Rauchen kann er schon eine ganze Weile nicht mehr. Und während sein sexuelles Pflichtbewusstsein ihm noch befiehlt, die greifbar nahen Penetrationschancen wahrzunehmen, er werde sich das ansonsten niemals im Leben verzeihen, führen die Gedanken an die hierfür notwendigen organischen Maßnahmen zu einer weiteren Zunahme der Übelkeit und des Ziehens im Bauch. Und schon ist auch der erste gewaltige Schub zum Darmausgang hin zu spüren, das kommt ganz plötzlich, überfallartig mit Gänsehaut, Gesichtsblässe und Krämpfen daher. Ein, zwei Minuten hindurch ist an ein Verlassen des Barhockers in Richtung Toilette nicht zu denken. Nur noch das mit überirdischer Willenskraft durchgeführte Zusammenziehen der Beckenbodenmuskulatur rettet über diese erste Drangsal hinweg. Der Druck lässt plötzlich nach, kurz richtet sich der Pinguin auf, schaltet sich wieder in das lebhafte, halb auf englisch, halb auf französisch geführte Gespräch ein, doch die Hoffnung, der Anfall könne sich eventuell nicht wiederholen, wird alsbald mit elementarer Wucht enttäuscht. Den Atem angehalten, gleitet der Pinguin hinunter vom Barhocker. Die beiden nach Westernsaloon-Art lamellierten Schwingtüren, hinter denen es rechts zur Herren-, links zur Damentoilette geht, werden noch mit einiger Würde in gepresst-aufrechtem Gang erreicht und aufgestoßen, wobei das Pinguineske überraschenderweise trotz des Smokings klar zutage tritt. Zum Glück ist kein potentieller Zeuge der zu erwartenden Vorgänge in der Toilette, und tatsächlich – spätestens beim Anblick der erlösenden Kloschüssel – glaubt der Pinguin, es geschafft zu haben. Aber genau diese kleine Erleichterung, diese praktisch schon gegebene Erlaubnis, mit der Willensanstrengung nachlassen zu dürfen, wird ihm zum Verhängnis. Als er die Gürtelschnalle der Smokinghose bereits gelöst hat, nicht mehr als eine einzige entscheidende Sekunde zu früh, fährt die gesamte schlimme Ladung in die Kleidung.

Der Abschied vom verwirrten Eduard und den vier recht gleichgültigen Schönen, die nicht einmal ihre interne Plauderei unterbrechen, erfolgt dann sehr rapide, ohne Küsschen, er sei ein bisschen krank, sagt der Pinguin. Die Bar ist derart verraucht, es besteht eine gute Chance, dass nichts zu riechen ist von seiner Malaise. Morgen käme er wieder, ruft er, schon auf dem Weg zur Tür, und grinst noch einmal zurück zu Eduard. Sein rechter Schuh ist völlig durchnässt, ebenso das untere Hosenbein. Es ist ihm leider einiges das rechte Bein hinuntergeflossen, unten aus der Hose herausgekommen und auf dem Schuh gelandet. In seiner Not hat der Pinguin den Fuß in die Kloschüssel gestellt und die Wasserspülung betätigt.

Er sitzt dann im Daimler auf einer doppelten Lage Bücher. Sie schützen den Fahrersitz hoffentlich vor Befleckungen. Erst in dem Moment, als die Einfahrt zum Campingplatz durchfahren wird, scheint Klarheit darüber zu entstehen, dass der absolute existentielle Tiefpunkt, die komplette menschliche Entwertung erreicht ist. Jedenfalls hält der Pinguin plötzlich an, knapp hinter der Pförtnerbaracke, die, wie zum Hohn, mit ihrem kleinen Pultdach einem Klohäuschen sehr ähnlich sieht. Einen Augenblick scheint er zu überlegen, ob er lachen oder weinen soll, aber er tut weder das eine noch das andere. Allerdings finden auch keine Selbstgespräche statt, auch dann nicht, als er, barfuß und nackt bis auf das Handtuch um seine Hüfte, von der Dusche zurückkehrt, dabei einen großen Umweg macht, um nicht an den Holländern vorbei zu kommen. Er trägt eine Plastiktüte mit dem gesamten kontaminierten Material. Mit dem Bordspaten sticht er ein Rasengeviert direkt vor der Wohnwagentür aus, gräbt eine kleine Grube, legt die Tüte mit Schuhen, Unterhose, Socken, dem väterlichen Smoking hinein und bedeckt sie mit Erde und Rasen.

Am nächsten Morgen, in aller Herrgottsfrühe, zieht der Daimler den sich widersetzenden Wohnanhänger mit extremer Qualmentwicklung vom Stellplatz weg. Die nassen Bücher, die unter dem Wohnwagen lagen, sind entsorgt, mehr fasste die Mülltonne nicht. Es ist ein sehr kühler, wolkenloser Morgen, der gerade anbricht. Der Himmel ist von durchscheinendem Lapislazuliblau, im Westen hängt der riesige orangegelbe Vollmond derart resigniert über dem Horizont, als wolle er sagen, dass es leider alles nichts gebracht hat. Im Osten, über den Bäumen des Campingplatzes, dort, wo des Pinguins Heimat ist, steht der fransige Bogen des Morgenrots. Der Pinguin trägt saubere Kleidung, die Ersatzschuhe, und nachdem er die Rechnung bezahlt hat, zündet er sich eine Zigarette an, hupt und winkt, bereits wieder mit diesem bekannten Grinsen, als er am Portiershäuschen vorbeifährt. Er verfolgt einen wundervollen Plan! Die Müllcontainer auf einer der ersten Rastplätze der A6 Paris-Mannheim empfangen den gesamten Rest der Auflage von »Jeter un œil sur Paris«, von einem Erinnerungsexemplar abgesehen. Im Augenblick ist das Gespann alleine auf dem Parkplatz: Mit dem Bordspaten – was hat er diesem Werkzeug inzwischen alles zu verdanken! – hebelt der Pinguin die Fahrzeug-Identitätsnummer des Wohnwagens ab und wirft sie in den Container. Ebenfalls mit dem Spaten schlägt er eine der beiden Schrauben ab, die das Kennzeichen des Anhängers halten. Etwaige Fingerabdrücke am Türgriff und im Innenraum werden weggewischt, die persönlichen Gegenstände und das Bier in den Daimler umgeladen, der Trolley, der immer noch nach Hundekot duftet, bleibt im Wohnwagen. Drei, vier der folgenden Parkplätze sind zu voll und deswegen ungeeignet für das Vorhaben, aber dann kommt wieder ein kaum benutzter. Alles vollzieht sich jetzt in wenigen Sekunden. Der Pinguin huscht gebückt nach hinten, kurbelt das Bugrad nach unten, die Deichsel löst sich von der Anhängerkupplung. Das Kennzeichen ist mit einem einzigen Ruck abgerissen, der Daimler fährt ohne den Wohnwagen davon, mit durchdrehenden Antriebsreifen und einem Fahrer, der ein Geheul ausstößt.

Die Heimkehr am frühen Abend wird zu einer Siegesfeier. Der Kamin ist schon angezündet und qualmt ins Zimmer hinaus, auch der Pinguin raucht heftig, die dritte Flasche Bier ist in Arbeit. Fred wird gegen einundzwanzig Uhr vorbeischauen. Schon während der Fahrt wurde die geile Jana angerufen und der erste Prototyp der Paris-Erzählung an ihr erprobt. Auch

Leon de Chaumeil erhielt bereits einen Bericht. Der Ärmste wirkte äußerst verkatert, konnte kaum reden. Er muss noch ein wenig auf sein Geld warten, weil seine Bücher leider nur zum Schleuderpreis abzusetzen waren, trotz aller Bemühungen!

Zuhause, während des Telefonats mit einem alten Freund und Kritiker, wird die Pariserzählung bereits um einige Episoden angereichert und häufig von ekstatischen Grunzlauten unterbrochen. Die Gesamtbewertung fällt inzwischen äußerst positiv aus. Alles in allem war diese geniale Fahrt mit ihren Abenteuern, eines davon wird selbstverständlich verschwiegen, eine exzellente Vorbereitung für die demnächst anlaufenden umfangreicheren Geschäftsbeziehungen mit Paris. Diese Stadt schreit nach Postkarten! Die Buchhandlung »Le Flamant« hatte lediglich einige Ansichtskarten vorrätig, aber kein einziges Verkaufsdisplay mit diesen wunderbaren deutschen Spaßpostkarten war zu sehen! Eine riesige Marktlücke ist dort zu stopfen, »Der Remittend« ist voll mit günstigen Sonderposten vom Postkarten-Spotmarkt, man muss nur zugreifen! Das Ganze wird elegant und bequem vom Hotel aus vonstatten gehen, der Pinguin wird frisch geduscht und parfümiert sein. Wie ein Dandy gekleidet, ein feines Lächeln im Gesicht und menschlich absolut auf der Höhe, wird er durch die Straßen von Paris gehen und die Postkarten-Kollektionen in einem edlen Musterköfferchen mit sich führen! Das sexuelle Feld ist ja bereits perfekt bestellt! Herrlich! Der Pinguin stöhnt.

Beim nächsten Besuch wird er die schwarzen Früchte pflücken! Oder sollte er lieber mit der geilen Jana nach Paris fahren? Dieser Arsch, oh mein Gott! Aber andererseits, das hieße doch, eine Eule nach Athen zu tragen? Mmmhhh …

Jetzt stocken die Lebenstätigkeiten des Pinguins in einer lähmenden Entscheidungsschwäche, aus der ihm nicht anderes als ein weiteres Bier heraushelfen kann.

Geh nicht fort. Dass die Jahreszeiten wechselten, merkte ich damals kaum. Sowieso kam nicht allzu viel bei mir an. Selbst wenn jemand direkt neben mir stand, fiel es mir schwer, seine Sätze von den anderen Geräuschen zu isolieren, zum Beispiel vom Autolärm oder von dem Geplauder der übrigen Anwesenden. Irgendeines der Wörter blieb dann in mir hängen, völlig losgelöst vom unbekannten Zusammenhang, in dem es gesprochen worden war. Es blieb hängen und fing an, mich zu quälen, viel schlimmer noch als früher die Fetzen von deutschen Schlagern mich gequält hatten, die mir »nachgelaufen« waren, wie ich als Kind dazu sagte. Besonders gefährlich waren Wörter wie »schön«, »gut«, »wunderbar« und so weiter. Sie wiederholten sich immer wieder in meinem Gehirn und folterten mich wie diese Wassertropfen, die man den Systemgegnern in Bananenrepubliken in gleichmäßigen Abständen auf die kahl geschorenen Schädel fallen lässt.

Dass mit einem Mal die Forsythien überall zu blühen begannen, mit einem Goldgelb von schmerzhafter Leuchtkraft, das kündigte sozusagen das Stillhalteabkommen auf, das ich mit der Welt außerhalb meiner Wohnung geschlossen hatte. Ein paar Tage ging ich nicht mehr raus, aus lauter Furcht vor der Farbe, den

Blüten und dem, was sie mir mitteilen wollten. Aber wenn ich mich nicht bewegen konnte, nicht gehen, dann wurde alles nur noch schlimmer. Also würde ich mich dem Frühling wohl oder übel stellen müssen, früher oder später. Oder sollte ich einfach verreisen? Das Arbeitsamt war sowieso froh, wenn ich mich nicht blicken ließ.

Mein alter Freund Oliver hatte mir schon vor Monaten angeboten, ihn in Burkina Faso zu besuchen, wo er, im Auftrag des Entwicklungsdienstes, seit Jahren versuchte, Bäume anzupflanzen. Ich konnte mir nicht vorstellen, was dabei herauskommen sollte. Vermutlich wollte er nur in Ruhe saufen und lesen. Regelmäßig schickte er lange Briefe und Listen mit Büchern, die ich kaufen und ihm nach Afrika schicken musste. Er sei der einzige Mensch auf der Welt, schrieb er, der Thomas Pynchons »Enden der Parabel«, Joyces »Finnegans Wake« und den »Mann ohne Eigenschaften« vollständig gelesen habe. Da sei er sich total sicher. Eine derartige Quälerei füge man sich nur zu, wenn man mitten im Sahel wohnte und es nichts anderes gäbe als Bücher und Bier. Ich solle rechtzeitig schreiben, wenn ich kommen wolle. Er würde mich dann in Ouagadougou abholen, wo auch die Zentrale des Entwicklungsdienstes saß.

Ouagadougou, dort hatte ich als Kind immer hin gewollt. Das hatte folgenden Grund: Dagobert Duck war gelegentlich auf der Flucht vor den Panzerknackern oder vor der Hexe Gundel Gaukelei über Timbuktu mit dem Fallschirm abgesprungen. »Herr Duck ist soeben nach Timbuktu abgereist«, sagte man zu Donald, wenn er nach seinem Onkel fragte.

Ich hatte im elterlichen Atlas nachgeschaut, wo Timbuktu lag, und bei dieser Gelegenheit hatte ich Ouagadougou entdeckt, das mir vom Klang her noch viel besser gefiel als Timbuktu. Ich mochte übrigens auch Ulan Bator und Stralsund, das ich allerdings in der Nähe des Nordpols vermutete, jedenfalls irgendwie im Eis, unter grellem Sonnenlicht. Damals ging es mir, so weit ich mich erinnere, ziemlich schlecht. Ich hatte nicht viel mehr als meine Traumorte. Einer von ihnen trat jetzt, ungefähr dreißig Jahre später, überraschenderweise wieder in mein Leben.

Ich buchte einen Flug mit einer französischen Billiglinie ab Lyon, begann damit, Malariatabletten zu nehmen und ließ mich gegen Gelbfieber impfen. Das alles fiel mir sehr schwer, weil es eine Qual war, durch die frühlingsmilden Straßen zu gehen, unwirkliche Tätigkeiten auszuüben oder irgendjemandem ein Anliegen vorzutragen, vor allem dann, wenn ich mir nicht einmal sicher war, dass ich dieses Anliegen tatsächlich ernsthaft verfolgte. Kommunikativ war ich absolut am Ende. Unvorstellbar, wie ich in diesem Zustand meinem Job hatte nachgehen können, monatelang, ehe man mir schließlich kündigte. Der Tropenarzt riet mir von der Reise ab, als er mich in Unterwäsche sah.

»Sie haben nicht mehr viel zuzulegen.«

Er zog dabei die Augenbrauen hoch und hatte etwas

Väterliches im Gebaren. Ich schlief seit Monaten sehr wenig, manchmal gar nicht, und das Essen schmeckte mir nicht. Entsprechend sah ich wohl aus, abgemagert und auf jeden Fall erschreckend. Aber immerhin, als ich dann den Brief an Oliver abgeschickt hatte, in dem ich meine Ankunft für Mitte April ankündigte, empfand ich kurzfristig einen schwachen Tatendrang. Ich dübelte das Regal wieder fest, das ich vor Monaten im Alkoholrausch aus der Wand gerissen hatte und das seitdem, zusammen mit den Büchern und mit Gipsstaub, auf dem Boden lag. Am Ende sah alles sogar besser aus als früher. Die Bücher waren alphabetisch geordnet, standen sauber in einer Reihe und waren abgestaubt. Vielleicht war ja tatsächlich jede Lebenskrise in Wahrheit eine Chance? Das hatte der Dalai Lama oder sonst jemand aus dieser Richtung mal gesagt. Wenn das stimmte, dann war ich ein Mensch mit sehr vielen Chancen. Jedenfalls beschloss ich, das Wiederanbringen des Regals als ein erstes Zeichen der Besserung meines Gesamtzustandes zu werten.

Eines muss ich noch korrigieren, obwohl ich mich gerne davor drücken würde. Ich fange nämlich gerade erst wieder damit an, die Wörter zu ertragen, von denen ich gleich reden werde. Nach wie vor ist mir lediglich abstrakt klar, dass es herzlich, saftig und geistreich sein kann, solche Ausdrücke zu gebrauchen und die Geisteshaltung einzunehmen, die sie hervorbringt. Oliver hatte nämlich in Wahrheit nicht nur von Büchern und Bier gesprochen, die es dort in Afrika gäbe, sondern auch von den »schönen schwarzen Schlitzen«, deren Anblick ihn sehr erfreue.

»Sie lachen Dir in die Augen und haben keine Angst vor den Männern. Nie wieder werde ich die deutsche Frau ertragen können.«

So schrieb er wörtlich, in seinem letzten Brief vor meiner Reise. Es gab zunächst das Problem, dass meine gespenstische Einzelwahrnehmung der Gegenstände und Wörter auch hier vorhanden war, dass ich also dahin gedrängt wurde, mir lachende Schlitze vorzustellen, was ja eine Aufforderung zum Irrewerden darstellte. Das andere und viel Schlimmere war, dass sämtliche fröhlichen Geilheiten im Sprachgebrauch – wie ich mich heute ausdrücke, damals war das alles Sünde – mir weh taten, weil sie eine bei mir zum Ausbruch gekommene heftige Andacht vor den Frauen ganz allgemein und insgesamt verhöhnten. Unvorstellbar, dass ich selbst einmal »Möse« gesagt hatte, oder »ficken«, »Titten« oder dergleichen, in allen möglichen Kombinationen, und dass ich dabei auch noch einen Mordsspaß gehabt hatte. Damit hatte ich mich wohl schrecklich ins Unrecht gesetzt. Ich konnte an diese Ausdrücke nicht einmal mehr denken, ohne dass ich mich seelisch oder sogar körperlich zusammenkrümmte. Und wenn ich solche rohen Wörter von anderen hörte, in diesem Fall die »schwarzen Schlitze« von Oliver, dann schmerzten sie so, als hätte ich sie erfunden und in die Welt gesetzt und als kämen sie jetzt zu mir zurück. Sie waren eine alte Schuld, für die ich nun büßen musste.

Auch litt ich an etwas, das ich heute »Verrilkung« nenne, an einer Art hemmungsloser Sentimentalität, die sich tatsächlich unter anderem durch Aufsagen von Rilke-Gedichten am Leben hielt. Oder bei Liebesszenen im Fernsehen, da zeigte ich vulgärweibliche Rührungsbereitschaft. Mein ganzes Misstrauen gegenüber diesen Inszenierungen und den zum Einsatz kommenden Wörtern war dahin. Nein, dort zeigte sich tatsächlich die Wahrheit, die ich mein Leben lang in den Dreck gezogen hatte.

2. Ich würde zunächst mit der Bahn nach Paris, von dort mit dem Bus nach Lyon fahren. Am Abend vor der Abreise begab ich mich nach langer Abstinenz zum ersten Mal wieder in meine Stammkneipe. Ich trug meine neuen Safaristiefel sowie über meinem schlotterdünnen Körper den Safari-Leinenanzug, alles vom Hamburger Tropenausstatter. Überhaupt war ich innerlich bereits auf der Erdkugel unterwegs. Eventuell würden meine Existenzkraft und die Eindrücklichkeit meiner Person durch diese spektakuläre Reise zunehmen. Ein Plan reifte in mir heran, der mit einem Musikstück zu tun hatte. Ich hatte es neulich im Radio gehört. Es handelte sich um eine deutsche Version des Jacques Brel-Liedes »Ne me quitte pas«.

Bislang habe ich es vermeiden können, aber nun muss ich diesen Namen nennen. Er lautet: »Yvonne«.

Man muss wissen, dass Yvonne, als wir uns kennen lernten, sehr oft eine Interpretation dieses Jacques Brel-Liedes durch Nina Simone gehört hatte, eine Live-Aufnahme. Die fragliche CD war bereits in Yvonnes Leben vorhanden gewesen, als ich in dasselbe trat. Das irritierte mich damals keineswegs. Irgendwie hatte Yvonne eben alles vorbereitet, ich meine: ihr Seelenleben, ihr Gefühlsbett, in das nun endlich der lang Erwartete, der Richtige, nämlich ich, mich legte. Nina Simone sang mit brüchiger, sehnsuchtskranker Stimme, sie konnte einem Leid tun. Jedes Mal, wenn ich bei Yvonne war, sorgte ich dafür, dass Nina Simone stellvertretend für mich Yvonne darum bat, mich nicht zu verlassen. Ich selbst hörte natürlich eine andere Übersetzung, nämlich Yvonnes Bitte an mich, sie nicht zu verlassen. Geräuschlos schwor ich, niemals so etwas zu tun. Das Lied war also sozusagen unsere paarinterne Nationalhymne gewesen, jedenfalls in meinen Ohren. Auch ich besorgte mir die Musik und hörte sie allein zuhause. Dann war es, als wäre Yvonne bei mir, nur weniger anstrengend.

Aber wieso störte es mich nicht, dass die singende, flehende Person in diesem Lied ja längst verlassen worden war, dass sie offenbar auf ziemlich verlorenem Posten stand und sich entsetzlich erniedrigte? – Ich glaube, mir gefiel einfach die Intensität des Gefühls, ein seelischer Benchmark, wie man das vielleicht nennen könnte. Heftiger konnte niemand sich sehnen als einer, der lieber der Schatten des Hundes seiner Sehnsuchtsperson wäre, als gar nicht mehr in ihrer Nähe zu sein. Wenn ich dabei zuhörte, fing meine eigene Sehnsucht an, mitzuklingen. Jacques Brel betätigte sich als eine Art Gefühlsverstärker. Und wenn so etwas willkommen ist bei der erotischen Gegenseite, ist ja alles höchst angenehm und in Ordnung. Was Yvonne tatsächlich dabei empfand? Ich habe, ehrlich gesagt, keine Ahnung. Damals unterstellte ich ihr wohl Emotionen, die den meinen ähnlich waren, obwohl es, wenn ich heute darüber nachdenke, nicht allzu viele zweifelsfreie Hinweise darauf gab. Yvonne sprach ja sowieso sehr wenig, und man kann auch nicht behaupten, dass sie auf andere Weise viel von sich gezeigt hätte. Ich erinnere mich: Manchmal brach etwas aus ihr heraus, irgendeine Not, sehr drängend und intensiv. Nie fühlte ich mich Yvonne näher als in diesen glücklichen Momenten. Hastig gab ich mir viel Mühe, alles zu erforschen, die Not zu erklären. Aber von Yvonne kam daraufhin gar nichts mehr.

Natürlich war mir aufgefallen, dass Nina Simone mit der Zeit immer weiter nach unten gerückt war in Yvonnes CD-Stapel, und, so schlimm das war: Wie ich da im Safarianzug am Tresen saß, musste ich mir zugeben, dass auch ich immer seltener an unserer Nationalhymne interessiert gewesen war. Wie hatte das geschehen können? Wie hatte ich derart abkühlen können? – Ich verstand es nicht mehr.

Die erwähnte deutsche Version, die ich ein paar Tage zuvor zufällig gehört hatte, sie hatte mich gleichzeitig mit Grauen und mit Hoffnung erfüllt. Besonders die folgenden Zeilen waren mir in meiner Muttersprache viel näher gerückt. Eigentlich begriff ich sie erst jetzt:

»Ich erfinde schnell, Worte neu und hell, und ich sag sie dir.«

Wenn es einen Weg gab, nicht nur für den Sänger, sondern auch für mich, dann war es ohne jeden Zweifel das Erfinden neuer Formulierungen, mit denen ich alles besser beschreiben und verstehen konnte: Wie das alles gekommen war, wer ich war, warum ich mich in irgendwelchen entscheidenden Situationen offenbar derart schlecht verhalten hatte, die gesamte Tiefe von Yvonnes Wesens, warum sie sich von mir entliebt und mich verlassen hatte. Ganz schleichend war das damals gekommen, ich hatte es gespürt, ich hatte beleidigt, wütend und arrogant reagiert. Nach diesen Auftritten hatte ich jedes Mal noch weniger Chancen als zuvor. Die Entwicklung war nicht aufzuhalten. Schließlich zwang ich Yvonne, Farbe zu bekennen. Noch in diesem Augenblick hoffte ich, ich könnte mich getäuscht haben, in Wahrheit sei das alles nur eine vorübergehende Krise unserer Liebe. Aber Yvonne nahm die Gelegenheit wahr.

»Ja, ich möchte, dass du gehst!«

Sie stand vor dem Fenster ihres Wohnzimmers, im Gegenlicht. Einige Strähnen ihrer widerspenstig gewellten braunen Haare hingen ihr nass geweint ins

Gesicht. Die schmalen Schultern waren kraftlos nach vorne gebeugt. Sie trug keine Schuhe. Ihr Gesichtsausdruck war herrisch und stellte keine Wärme, kein Mitleid, ja überhaupt keine Emotion für mich bereit. Ich war plötzlich ein Fremder.

Dieser Tag würde übrigens Anfang Mai ein ganzes Jahr her sein. Es wurde Zeit, die Ereignisse, Yvonnes und mein eigenes Verhalten neu zu beschreiben, mit neuen, frischen Worten! In Wahrheit war ich ja seit Monaten auf der Suche nach diesen Worten, aber ich war noch nicht zu ihnen durchgebrochen. Ich bildete Sätze von großer intellektueller und emotionaler Wahrheit und Durchschlagskraft, korrigierte und verwarf sie, erfand am nächsten Tag neue, sprach sie vor mich hin, während ich in meiner Wohnung auf und ab ging. Eine unsichtbare Yvonne hörte sich das alles an. Irgendwie ging sie die ganze Zeit neben mir her, manchmal auch vor mir, allerdings rückwärts, damit ich sie eindrücklich und dabei gestikulierend fixieren konnte. Das Gute war: Sie widersprach mir nicht. Sie war mit allem einverstanden, was ich ihr sagte, und manchmal fühlte ich sogar ein Glück bringendes Wiederaufflammen ihrer Liebe zu mir, ganz warm kam sie zu mir rüber. Meistens hatte ich etwas Wein getrunken, wenn das geschah.

Aufgeschrieben erschienen mir meine Formulierungen noch schlüssiger als gesprochen. Wenn ich sie las, glänzten sie regelrecht in meinem Innern. Jedes

Mal, wenn einer der Briefe fertig war, der alles erklärte und alles verstand, fühlte ich mich ein paar Minuten lang generell erlöst, und es herrschte tatsächlich ein ziemliches Vertrauen in meine Zukunft. Alle diese Briefe hatte ich abgespeichert.

Wenn ich die jeweils jüngste Datei öffnete, das war gerade, sagen wir, »Yvonne34.doc«, anschließend »Yvonne1.doc« oder auch »Yvonne5.doc«, wenn ich den neuen Brief mit den alten verglich, war ich bestürzt über die tölpelhaften Sätze, die ich damals formuliert hatte, und beseelt von der reifen Kraft der frisch erfundenen Worte. Zum Glück hatte ich keinen einzigen der Briefe abgeschickt, obwohl ich immer ein paar Minuten lang der Überzeugung gewesen war, dass das, was zu sagen war, nicht besser gesagt werden könne. Bald aber kamen die Zweifel. Und auch »Yvonne34.doc«, dieser anscheinend glanzvoll geschriebene und steinerweichende Brief: Würde er sich nicht ebenfalls in nur wenigen Tagen als nicht perfekt, ja als peinlich herausstellen? Würde er nicht alles verderben, mir Yvonne auf immer nehmen, wenn ich ihn tatsächlich abschickte?

Auch deswegen musste die Reise sein. In der Fremde würde ich alles entspannter sehen. Entfernung macht den Blick klar, reinigt das Gemüt. Ich hatte Briefpapier eingepackt und Luftpost-Umschläge, ebenfalls den frisch erworbenen edlen Füllhalter. Eigentlich fuhr ich nur deswegen nach Afrika, um diesen Brief zu schreiben und ihn von dort abzuschicken. Ich wusste bereits, wann genau das zu geschehen hatte, selbstverständlich am Jahrestag der Katastrophe, die uns beide ins Unglück geschickt hatte.

Es kam ja noch hinzu, dass ein Brief aus Burkina Faso ganz andere emotionale Türen aufstößt als ein Schreiben, sagen wir, aus Bielefeld oder Darmstadt. Yvonne würde den Briefkasten öffnen, und dieser Brief läge drinnen, mein Brief an sie. Die Briefmarken würden afrikanische Tiere, Steppenpflanzen oder schlanke schwarze Frauen mit Kalebassen auf den Köpfen zeigen.

Ich saß noch immer am Tresen, und meine Zuversicht war derart gestiegen, dass ich sogar nach Frauen Ausschau hielt, so wie früher, als Yvonne noch bei mir war. In der Tat, man konnte sein Schicksal tatkräftig in die eigene Hand nehmen, und genau das würde ich tun.

3. Übrigens befanden sich beide CDs, Nina Simone und die deutsche Interpretation, außerdem ein CD-Player in meinem Reisegepäck. Der Sänger Klaus Hoffmann hatte die deutsche Aufnahme 1977 eingespielt. Im dritten Musikgeschäft, das ich besuchte, wusste man Bescheid. Es gab auch neuere Versionen des Titel durch diesen Hoffmann, die waren aber viel schlechter, nicht so inbrünstig und gebeutelt, so durch und durch glaubhaft wie diejenige, die ich meinte. Ich selbst konnte das ganze Stück inzwischen singen. Ich sang, glaube ich, sehr gut, sehr bewegt und wohl auch potentiell bewegend, während das Radio lief, damit meine Wohnungsnachbarn mich nicht identifizieren konnten. Ja, da war sie wieder, unsere Nationalhymne, in einer neuen Interpretation auferstanden, kräftiger als je zuvor. Wenn Yvonne mich hätte hören können! Ein paar Mal stand ich vor dem Spiegel, um meinen Gesichtsausdruck zu beobachten, während ich sang. Ich sah romantisch und sehr mitgenommen aus, mit roten Augen und fahler Haut. Mein Schatz hätte mir vermutlich kaum widerstehen können! Aber ich merkte, dass sich zu viele Konjunktive in meinem Leben eingenistet hatten. Gut, dass es endlich losging mit der Reise und mit dem neuen Lebensabschnitt. Ich war entschlossen, alles zu begrüßen, was mir widerfahren würde.

Oliver hatte geschrieben, es sei alles vorhanden, ich bräuchte nur ein, zwei Hemden zum Wechseln, mit langen Armen, bloß keine kurzärmeligen, sonst würde ich mir die Unterarme verbrennen. Von einem Hut hatte er nichts gesagt. Schon in Lyon, wo wir ewig vor dem uralten Flugzeug standen, weil noch an einer der Düsen herumgeschraubt wurde, musste ich meinen Rucksack, in dem sich alles befand, was ich dabei hatte, auf den Kopf legen, um mich vor der Sonne zu schützen. Die anderen Leute, fast alle waren schwarz, trugen Mützen oder Tuchwickel auf den Köpfen sowie viele große Plastiktüten und Rattankörbe in den

Händen. Einer hatte sogar einen kleinen Käfig mit fiependen Küken dabei. Drei Frauen waren dermaßen anmutig und schön, dass ich Angst vor ihnen hatte und mich entfernte, wenn sie in meine Nähe kamen. Wie die meisten anderen, hatten auch sie bereits im Bus von Paris nach Lyon gesessen und dort durch ihre bloße Anwesenheit meine eigene Hässlichkeit vermehrt.

Die halbe Nacht hindurch hatte ich vorher ausgehungert und unterkühlt im Safarianzug auf der Place de la Madeleine im Regen gestanden und auf den Bus gewartet. Drogenhändler und Nutten hatten mich angesprochen, und erst, als ich gar nicht mehr daran glaubte, zur richtigen Zeit am richtigen Ort zu sein, entdeckte ich die ersten wartenden Mitreisenden, unter anderem auch die drei Grazien. Erstaunlich, dass Oliver so etwas »schwarze Schlitze« nannte! Er schien überhaupt keinen Respekt vor denen zu haben. Vielleicht würde auch ich in Afrika zu solch einer Erfolg versprechenden Lebenshaltung kommen?

Endlich hob das Flugzeug ab. Das Fenster, an dem ich saß, hatte einen Sprung, und von einer Niete über meinem Kopf lief eine rotbraune Rostspur nach unten. Kurz nach dem Start legte sich einer der Piloten auf die erste Sitzreihe und schlief. Er war unrasiert, aber immerhin trug er eine Uniform. Mir war sowieso alles egal, ich war absolut erschöpft und am Ende und freute mich sogar über die Turbulenzen über der Sahara. Wir taumelten rauf und runter, alle waren still, sogar die Küken, die im Gang standen, und es gab nichts mehr zu trinken, weil das Personal sich anschnallen musste. Der Pilot beendete seinen Schlaf und schwankte zurück ins Cockpit. Unten, in der Sahara, war es öfter grau als gelb, gelegentlich sah man eine Oase. Je näher wir Ouagadougou rückten, desto heißer wurde es im Flugzeug.

Wieso glaubte ich eigentlich, dass Oliver tatsächlich auf mich wartete? Garantiert war mein letzter Brief verloren gegangen. Ehe wir landeten, kratzten wir ganz dicht über Rundhütten hinweg, die immer noch genau so aussahen wie damals, als Dagobert am Fallschirm über Timbuktu hing. Die Türen wurden geöffnet, und eine Hitzewalze drang ins Flugzeug. Wie würde ich das überleben? Vom flimmernden Rollfeld aus sah ich Oliver. Er war also gekommen, stand auf der Besucherterrasse und winkte. Alles war voll rotem Staub. Auch die Sonnenscheibe war rot, blass und rot schien sie durch die Staubglocke über der Stadt. Schon nach wenigen Metern auf dem Weg zur Flughafenbaracke hatte sich eine schmutzige Schweißschicht auf meiner Haut gebildet. Was sollte ich hier? Erst in vier Wochen würde ich wieder abreisen dürfen. Vier Wochen, und sie würden mir wahrscheinlich vorkommen wie zwei Jahre!

Oliver trug alte Militärhosen mit großen Beintaschen, einen fleckigen Lederhut und ein schweißnasses Hemd. Auch mein Safarianzug war inzwischen völlig durchnässt.

»Du bewegst dich zu schnell«, rief Oliver mir entgegen, »mach langsam, ganz langsam! Mach alles halb so schnell wie zuhause! Das ist maximale afrikanische Geschwindigkeit. Und wehr dich nicht gegen das Schwitzen. Sonst gehst du kaputt. Wie siehst du überhaupt aus? Wo hast du denn diese Klamotten her?«

Er schlug sich auf den Oberschenkel vor Lachen.

»Und wo ist dein Hut?«

Wir hatten uns fünf Jahre nicht mehr gesehen, aber es war wie immer. Schon im Landcruiser gab es die ersten Biere in riesigen Flaschen.

»Das Beste, was dieses Land hervorbringt. Von deutschen Braumeistern überwacht.«

Von diesen Flaschen leerten wir später im Gästebungalow des Entwicklungsdienstes noch einige, und als ich nachts zum ersten Mal unter einem Moskitonetz schlief, die ungefähr dreißig Geckos an den Wänden beobachtete, hatte ich tatsächlich ein recht angenehmes Gefühl der Entfernung von meinem Elend der vergangenen Monate. Der Schweiß sammelte sich in meinem Bauchnabel, manchmal drehte ich mich leicht zur Seite, damit das Reservoir sich leeren konnte. Ich war fast zur heißesten Zeit gekommen, die Sonne, so erklärte mir Oliver, stand im Augenblick genau senkrecht über uns.

Am nächsten Tag fuhr uns Olivers Chauffeur, ein alter Indochina-Legionär im Kampfanzug, der französisch, englisch und sogar ein paar Brocken deutsch sprach, zu Olivers Baumschule, ungefähr zweihundert Kilometer nach Norden, Richtung Sahara, das meiste über Wellblechpisten, zuletzt mehr oder weniger querfeldein. Ich trug einen Turban aus einem bunten Handtuch. Hüte waren nicht zu bekommen gewesen in Ouagadougou. Oliver hatte übrigens kein Ohr für meine, wie er sagte, »Weibergeschichten«. Für ihn waren meine Erzählungen von Yvonne und den Folgen ihrer Abwesenheit in meinem Leben offenbar Dokumente einer schweren Verwirrung, über die er sich außerordentlich amüsierte.

»Sei froh, dass du sie los bist«, sagte er.

Gerade fuhren wir aus Ouagadougou hinaus, beiderseits der Straße waren Marktstände. Unzählige junge Frauen in blauen oder bunten Tüchern, mit oder ohne Lasten auf den Köpfen waren zu sehen, und eigentlich waren sie fast alle schön.

»Kuck sie dir an, die Girls«, sagte Oliver, »wenn du mal eine einzige von denen hättest, würdest du deine Yvonne für immer vergessen!«

Er irrte sich sehr, aber ich verzichtete darauf, ihm das mitzuteilen.

4. Auch von der geplanten Präsentation der schmerzerfüllten Musik nahm ich Abstand. Oliver hörte westafrikanischen HipHop, dessen Lebensoptimismus mich sehr ins Abseits stellte. Der Strom für den Gettoblaster stammte aus der Batterie des Toyotas, der direkt vor der Terrasse des Hauses parkte. Das Auto diente dem Besuch der subordinierten Klein-Baumschulen ringsum im Sahel, vor allem aber dem Transport von Bierkästen und Gasflaschen zum und vom nächsten größeren Ort namens Dori. Mit dem Gas wurden der Herd und der Kühlschrank betrieben, in dem sich die Bierflaschen und die Ziegenteile befanden, die Oliver unter den Augen der Geier briet. Sie tauchten immer wieder am Eingang der Küche auf, so, als seien sie zufällig hier vorbeigekommen und wollten mal nach dem Rechten schauen.

Gleich am zweiten Tag schlachtete der Chauffeur eine Ziege vor dem Haus. Ich schaute zu, weil ich meinen Brief an Yvonne mit dieser Szene beginnen wollte. Auch die Geier waren anwesend. Dutzende dieser hässlichen Kerle waren schon lange vorher aus großer Himmelshöhe heruntergesegelt, saßen gelangweilt auf den Akazien und warteten darauf, dass es endlich losging. Als der Chauffeur das Messer durch die Kehle der Ziege zog, musste ich kotzen.

Oliver hatte sich einiges geschaffen in seinem seltsamen Exil. Zwei halbwilde Hengste, einer sandfarben, der andere dunkelbraun, auf denen wir ausritten, wenn die Höllenglut etwas nachließ, standen neben seinem selbst konstruierten Haus aus Lehmziegeln, angeblich eine geniale Konstruktion gegen die Hitze. In Wahrheit hatten wir mittags zwischen sechsundvierzig und neunundvierzig Grad im Haus. Alle zwei

Stunden musste ich literweise gefiltertes Brunnenwasser trinken, auch nachts, und pinkeln konnte ich nur einmal pro Tag, spät am Abend, nach einigen Flaschen Bier. Oliver trank übrigens fast ausschließlich Bier, aus »hygienischen Gründen«, wie er sagte. Nur gelegentlich zwang er sich ein paar Liter Wasser rein.

Doch zurück zu den Tieren: Die Pferde standen stets in der prallen Sonne, und je heißer es wurde, desto länger wurden ihre Penisse. Manchmal gab es eine große Aufregung, die Pferde wieherten, bäumten sich auf und schlugen wild aus. Das lag daran, dass sie ihre Artgenossen, die wilden Sahelpferde, witterten. Auch ein Kamel mit starkem Maulgeruch war vorhanden. Es gab außerdem einen Hahn, jedenfalls zu Beginn meines Aufenthaltes, und viele Hühner, die sich zum Teil von den voll gesogenen Zecken von »Mister« ernährten. »Mister« war ein sehr junger Sahel-Windhund, ein Azawakh, ein völlig irrer Typ, erst wenige Monate alt, gestoppte fünfundsechzig Stundenkilometer schnell. Er hatte noch nie Regen erlebt. Als die ersten Vorboten der Regenzeit kamen und ein paar Tropfen vom Himmel fielen, dachte er, wir würden ihn nass spritzen. Er war beleidigt und verschwand für drei Tage. Nachts sahen wir ihn, wie er stolz erhobenen Kopfes in gehöriger Entfernung am Haus vorbei lief.

Die extremen Lebensumstände passten sehr gut zu meiner Gefühlswelt. Nach einer Woche waren viele wundervolle Formulierungen in mir herangewachsen.

Ich hatte bereits Notizen und Vorstudien für den Brief angefertigt, besonders solche, die Yvonne zum Lachen bringen würden und die ich in mein Schreiben einbauen wollte. Zum Beispiel erzählte ich von den täglichen Landcruiser-Runden mit Oliver und dem Chauffeur, wenn ich das bunte Handtuch auf dem Kopf trug und die von allen begehrten Safaristiefeln an den Füßen. Mit kleinen Wäldchen wollte der Entwicklungsdienst die Verwüstung des Landes aufhalten, aber fast alle Pflänzchen fanden irgendwann Verwendung als Zahnstocher oder Zahnbürsten. Außerdem bohrte man Brunnen, um den Wassermangel der Leute zu beheben, und vergrößerte dadurch die Ziegenherden, die jedes grüne Blatt wegfraßen. Die Ziegen kletterten sogar auf die wenigen verkrüppelten Bäume, wenn sie oben etwas Grünes entdeckten. Aber auch Papierfetzen wurden gefressen und Zigarettenfilter, wenn es nichts Besseres gab.

Außerdem gab es europäische Lehrmeister für Empfängnisverhütung. Sie lehrten die Knaus-Ogino-Methode, was den einheimischen Frauen endlich ermöglichte, den Geschlechtsverkehr sinnvoll und lohnend zu timen, unnötige sexuelle Anstrengungen zu vermeiden und auch tatsächlich schwanger zu werden.

Alles, was Oliver tat, war also mehr oder weniger absurd. Aber das schien ihn nicht zu stören. Eines Nachts gab es einen Sandsturm. Die Temperatur stieg plötzlich so stark an, dass das Metall meiner Taschenlampe unangenehm heiß wurde. Die Leute im Dorf machten Feuer, »Mister« stand vor uns in der Dunkelheit, jaulte und bellte und wollte nicht mehr aufhören damit. Schließlich leuchtete ich ihn an und entdeckte, dass sich zwei große Skorpione an unsere Füße herangepirscht hatten. Es entstand eine schleimig gelbe Masse, als ich sie erschlug. Oliver holte nun die Flasche Whisky, die er für »Notfälle« aufbewahrt hatte, und wir begannen zu trinken.

»Weißt du«, sagte er, »wenn ich tatsächlich einen Sinn in meiner Anwesenheit hier suchen würde, würde ich bekloppt werden.«

»Wann liest du eigentlich die ganzen Bücher?«, fragte ich.

»In der Regenzeit. Da kann man wochenlang überhaupt nicht weg hier. Manchmal geht sogar das Bier aus.«

Es wurde langsam Zeit, den Brief ins Reine zu schreiben. In etwa einer Woche würde ich ihn abschicken müssen. Ich ließ Oliver alleine rumfahren, saß vormittags auf der Terrasse und schaute den schwarzen Arbeitern zu, wie sie Setzlinge in kleine Pflanzcontainer stopften, wie sie die vielen hundert fertigen Container begossen oder wie sie im Schatten lagen und schliefen. Mehrfach am Tag, manchmal auch nachts auf meiner Pritsche, die auf der Terrasse stand, hörte ich über Ohrhörer »Geh nicht fort von mir«. Nachts hatte das den positiven Nebeneffekt, dass ich die Milliarden von Mücken nicht mitbekam, die versuchten, eine Lücke im Moskitonetz zu finden, und auch nicht den Hahn, der offenbar vor einigen Tagen den Verstand verloren hatte und seitdem die ganzen Nächte hindurch krähte. Einmal zog ich die Hörer aus den Ohren, wartete auf das nächste Krähen, aber es blieb ruhig. Morgens hing der Hahn über dem Spülbecken. Oliver hatte ihn nachts enthauptet. Wir aßen ihn zu Mittag. Anschließend legte Oliver sich schlafen. Das tat er jeden Tag während der heißesten Zeit, um den Vormittagsrausch zu verarbeiten, den er sich während der dienstlichen Tour durch die Baumschulen zugezogen hatte.

Währenddessen saß ich im knapp fünfzig Grad heißen Schatten, den hechelnden »Mister« neben mir, und schrieb an meinem Brief. Den Anfang hatte ich völlig neu verfasst. Die Sache mit der Schlachterei und den Geiern war einfach zu blutig und ernst gewesen. Frauen mögen so etwas nicht. Der Brief begann jetzt damit, wie ich spätnachmittags auf dem blonden Hengst ausritt, wie ich schließlich in ein Dorf kam, in dem fast ausschließlich Frauen zu sehen waren. Einige hatten bereits damit begonnen, Hirse für das Abendessen zu mörsern, aber bald standen sie alle vor meinem Pferd und schauten mich lächelnd an. Ihre Kinder hingen in den Tragetüchern, die meisten schliefen.

»Sie schauen mir gerade in die Augen. Sie haben keine Angst vor dem Mann.«

Was wollte ich Yvonne damit sagen? Wahrscheinlich, dass ich immer das Gefühl gehabt hatte, sie fürchte sich vor mir. Ich legte den Füllhalter nieder. Es war doch merkwürdig, wie alles sich fügte! Wie mein Tun und das Lied, das es begleitete, ineinander verschmolzen!

»Schau, ich hab' für dich/Viel Perlen aus Regen/ Aus einem Land/Wo Sonne nur brennt.«

Genau von dort also, wo ich selbst mich jetzt befand! Als hätte alles genau so kommen müssen. Je länger ich hier war, umso häufiger dachte ich übrigens den französischen Originaltext:

»Moi je t'offrirai/Des perles de pluie/Venues de pays/Où il ne pleut pas.«

Meine Perlen aus Regen hatten bereits zehn Seiten gefüllt. Nach den lustigen Schilderungen der afrikanischen Lebenswelt von Oliver war ich zu Yvonne und mir und unserer Beziehung gekommen. Manchmal, vielleicht durch die Hitze, streikte der Montblanc-Füllhalter, und das Schriftbild eines Wortes litt darunter. Dann schrieb ich die gesamte Seite neu, ganz langsam, in pedantisch klaren Buchstaben, voller Angst, der Lesevorgang könnte ansonsten allzu mühsam werden und Yvonne könnte ihn deswegen abbrechen. Je länger ich darüber nachdachte, umso schlechter erschien mir meine Handschrift. Konnte man sie überhaupt lesen?

»Je creuserai la terre/Jusqu'après ma mort/Pour couvrir ton corps/D'or et de lumière.«

Ja, und ich hatte die Erde bereits auf der Suche nach den richtigen Wörtern durchkreuzt. Ich spürte, dass ich sie jetzt endlich gefunden hatte. Immer wieder gab es Sekunden, in denen ich die wahnsinnige Hoffnung des Sängers teilte, dass sich die Herzen von Liebenden ein zweites Mal umarmen könnten. In diesen Sekunden war der Blick aus meinen Augen oder das Bild, das in meine Augen fiel, plötzlich sehr klar. Die Farben waren rein, die Geschehnisse interessant, und meine Müdigkeit war verschwunden. Man durfte gespannt auf die Zukunft sein.

5. Ich trug Oliver mein Anliegen mit der postalischen Versendung vor, was mir schwer fiel, denn ich fürchtete seinen Spott. Aber er äußerte sich nicht einmal zu dem Problem mit der CD, die ich verschicken wollte. Er schien das alles durchaus gut nachfühlen zu können. Oder aber es interessierte ihn einfach nicht mehr, nachdem er einmal seinen Standpunkt zu dieser Geschichte geäußert hatte.

Dies nämlich war mein jüngster Plan: Von Burkina Faso, von einem äußerst spektakulären Ort aus, würde ich – ja was denn eigentlich? – sagen wir: dieses Gefühlslasso nach Yvonne auswerfen, diese CD mit unserer Nationalhymne, auf Deutsch gesungen!

Er müsse sowieso bald nach Dori, um neues Bier zu kaufen, sagte Oliver ganz ruhig. Das könne man durchaus ein paar Tage vorziehen. In Dori gäbe es ein zuverlässiges Postamt, und einen stabilen Umschlag für die inzwischen fünfzehn Blätter meines Schreibens und für die CD würden wir schon irgendwie auftreiben.

»Warum muss es denn eigentlich genau am dritten Mai sein?«, sagte er.

»Äh …, tja, weißt du…«

Mir war das alles sehr peinlich.

»Ach so, der Trennungsjahrestag, verstehe«, sagte Oliver.

Noch am selben Abend begann mein rechtes Ohr zu schmerzen. Ich dachte, ich müsse es putzen, und führte eine mit einem Tempotaschentuch umwickelte Kugelschreibermine in den Gehörgang ein. Die Folgen waren schlimm. Über Nacht schwollen die Lymphknoten rund um das defekte Ohr an, die Schmerzen nahmen zu. Gegen Morgen, ich hatte inzwischen Fieber, trat der erste Eiter aus dem Ohr.

»Das Wasser ist schuld«, sagte Oliver, »das hast du dir beim Duschen zugezogen.«

Ich vermutete allerdings, dass das ständige Einstöpseln der Ohrhörer zu der Entzündung geführt hatte.

Die folgenden drei Tage lag ich mit dem rasend schmerzenden, klopfenden Kopf in immer neuen Eiterpfützen und dachte an das jämmerliche Ende, auf das mein einsames Leben jetzt offenbar hineilte. »Mister« näherte sich mir nicht mehr, offenbar roch er den Tod. Ob mein Anblick, mein Zustand Yvonnes Herz angerührt hätten? Ich stellte mir vor, wie sie an meinem Bett stand und wie ihr all das Schlimme, das sie mir zugefügt hatte, Leid tat. Und wenn die CD, der Brief und die Nachricht von meinem Tod gleichzeitig bei ihr ankommen würden? Wie würde sie sich fühlen, im Angesicht meines Schicksals, im Bewusstsein davon, dass ich nie wiederkehren würde? Ich schrieb ein Postskriptum: Ich sei sehr krank, der Eiter laufe mir aus dem Ohr.

Oliver bestand schließlich darauf, dass wir nach Dori zum Buschdoktor fuhren. Jedes Schlagloch, jede Rille der Wellblechpisten spürte ich im Kopf. Der Buschdoktor spülte mir den Gehörgang aus und zählte zwanzig Tabletten Antibiotika in ein Beutelchen.

Es war der zweite Mai, ich musste also die CD und meinen Brief einen Tag vor dem Trennungsjahrestag abschicken, was die Symbolkraft meiner Sendung zweifellos abschwächen würde. Das Postamt war eine fleckig rosafarbene Baracke mit leeren Fensterhöhlen. Aber man hatte einen ausreichend großen Umschlag für meine Sendung. Ich beobachtete den kriegerisch uniformierten Postbediensteten, wie er mit großer Geste den Stempel auf die vielen Briefmarken setzte, so, als wüsste er von der Bedeutung meiner Botschaft. Dann schaute ich mir den Stempel noch mal an, um zu prüfen, ob das Datum und der Ort deutlich zu lesen waren.

»Encore quelques tampons, s' il vous plaît!«, sagte

ich, um auf Nummer sicher zu gehen, »pour la date.«

Das waren die kompliziertesten Formulierungen auf Französisch, die ich während der ganzen Zeit von mir gegeben hatte. Normalerweise kam ich mit zwanzig, dreißig französischen Vokabeln aus. Die wichtigsten, neben »ça va!?«, waren »amener« und »emmener«, hinbringen und herbringen, vielleicht noch »ce truc la«. Fast alle Gegenstände, auf die man mit den Fingern zeigen konnte, hießen »ce truc la«. Und über andere Dinge sprach man selten.

Übrigens trug ich am Kopf einen mit Paketband befestigten großen Wattebausch, der mein rechtes Ohr verdeckte und unter dem Sonnenschutzhandtuch herausschaute.

Ein paar Tage später ging es meinem Ohr besser. Ich trank wieder Bier, und der Hund schnupperte schwanzwedelnd an mir herum, was ein gutes Zeichen war. Olivers Briefe an mich waren niemals länger als zehn Tage unterwegs gewesen. Also konnte ich damit rechnen, dass meine Sendung bald bei Yvonne eintreffen und ihre Wirkung entfalten würde. Ein neuer Plan reifte in mir heran, dessen Existenz ich allerdings erst bemerkte, als er bereits sehr kräftig war und mich völlig beherrschte: Aus Paris würde ich Yvonne anrufen und ihr ein Treffen vorschlagen!

Ich begann damit, die Tage bis zum Heimflug zu zählen. Auch ein Ausflug nach Gorom-Gorom konnte mich nicht mehr mit dem augenblicklichen Ort meiner Existenz versöhnen. Gorom-Gorom! Hätte ich diesen Namen als Kind gehört, der Ort hätte alle anderen Traumorte geschlagen. Nun aber saß ich rastlos in Gorom-Gorom zwischen den freundlichen Touareg, die Olivers Bier tranken und lachten. Der Prophet, sagten sie, habe schließlich keineswegs verboten, Seifenwasser zu trinken. Ich konnte nicht lachen, denn meine Seele brannte heftiger als vorher mein Ohr.

Endlich, Mitte Mai, ging es los. Wir besuchten noch einige Kollegen Olivers in verschiedenen Siedlungen, alles nette Leute, die extrem viel Alkohol tranken. Schließlich erreichten wir Ouagadougou, wo die Temperatur und die Luftfeuchtigkeit inzwischen weiter gestiegen waren. Am Abend vor meinem Heimflug besuchten wir das beste Bordell am Platz. Eine rothaarige Französin, die Oliver mit großem »Hallo« begrüßte, leitete den Laden. Wir tranken viel und tanzten mit Frauen, die noch schöner waren als die drei Grazien vom Hinflug. Entsprechend groß war meine Furcht vor ihnen. Um Mitternacht sah Oliver ein, dass es keinen Sinn hatte mit mir und den Frauen. Wir fuhren ohne Begleitung ins Gästehaus zurück. Am nächsten Morgen begann meine Heimreise zu Yvonne.

6. Mitten in der Nacht hatte der Bus am Gare Du Lyon angehalten und uns rausgeschmissen. Der Metro-Eingang nebenan war verschlossen. Erst mal stand ich draußen rum, ehe ich ein Taxi anhielt, um mich zum Nordbahnhof fahren zu lassen, der jedoch ebenfalls verschlossen war. Es regnete stark, ich zitterte vor Kälte, und ständig kamen irgendwelche Perverse und quatschten mich an. Endlich, um fünf Uhr, wurde der Bahnhof geöffnet. In der Zelle eines Fotoautomaten in der Bahnhofshalle schlief ich dann zwei Stunden, zusammengesunken auf dem drehbaren Hocker, ehe ein Kunde mich von meinem Platz verjagte. Ich war müde, hungrig, schmutzig und entwertet, jedoch von gemütserhebender Authentizität.

Das Telefonat mit Yvonne rückte näher. Um neun wollte ich anrufen. Es war Samstag, da hatten wir immer bis acht, halb neun geschlafen, nicht länger. Neun Uhr war also eine gute Zeit. Während des Fluges und der Busfahrt von Lyon nach Paris hatte ich Dutzende möglicher Abläufe vorweggenommen. Ich musste auf jede denkbare Reaktion Yvonnes exzellent vorbereitet sein. Davon hing alles ab.

Mein Herz raste derart, dass ich den ersten Wählversuch abbrach. Noch in der Telefonzelle wurde mir schwarz vor den Augen, und ich ging in die Hocke, um nicht umzukippen. Beim zweiten Versuch hielt ich durch. Bereits nach dem dritten Tuten war Yvonne in der Leitung.

»Ja?«

Das hatte ich immer gehasst, dieses Sich-Melden mit einem »ja?«.

»Yvonne?«

»Jaahaa!«

»Hier ist Johann. Ich bin in Paris. Wie geht es dir? Hast du gut geschlafen?«

Meine ersten Sätze waren so gesprochen, wie ich sie geplant hatte. Aber Yvonne antwortete nicht. Eine lange Pause entstand, mir wurde heiß.

»Hast du meinen Brief bekommen?«

»Ja. Warum?«

»Und?«

»Wie: Und? – Was soll ich dazu sagen?«

»Äh, ich meine nur. – Sag mal, wenn ich den Zug über Köln nehme, dann könnte ich dich besuchen, geht das?«

»Bist du denn noch krank?«

»Ja, ziemlich.«

»Wann wärst du denn hier? Allzu viel Zeit habe ich nicht.«

»Kurz vor drei.«

Abermals eine längere Pause.

»Na gut, ich hole dich ab.«

Sie stand tatsächlich auf dem Bahnsteig, legte ihr Arme über meine Schultern, aber zog mich nicht zu sich heran. Dennoch lagen unsere Wangen kurz aneinander. Ich selbst drückte meine Armbeugen an ihre Rippen, schloss aber meine Umarmung nicht.

Yvonne hatte sich die Haare kurz schneiden lassen. Ihr Gesicht war schmaler geworden im vergangenen Jahr. Es zeigte eine leichte Verärgerung.

»Ich denke, du bist krank!«

Das war mit einer deutlichen, strengen Betonung auf dem letzten Wort gesprochen. Ihr Blick prüfte die Beschaffenheit meiner Ohren.

»Ja, aber es geht jetzt wieder«, sagte ich. »Hast du eine neue Frisur?«

»Warst du denn überhaupt krank?«

»Ja, sicher, hab' ich doch geschrieben.«

»In Paris hast du gesagt, du seiest immer noch krank.«

»Ist das denn so wichtig?«, sagte ich nach einer Pause.

»Wir haben uns getrennt, mein Lieber«, sagte Yvonne, »vergiss das nicht!«

So, so, wir also hatten uns getrennt! Ich schwieg. Schweigend gingen wir zu Yvonnes Auto. Sie fuhr genau so wie früher, zügig, gekonnt, professionell. Ich saß neben ihr, das Ganze war ein furchtbares Zitat aus einer versunkenen Zeit. Jetzt erst, im Vergleich zu ihrer unveränderten Präzision und Schnelligkeit, merkte ich, wie langsam ich geworden war. Alles, was Yvonne tat, mit ihren Händen, mit ihrem Körper, alles, was sie sagte, hatte mich hinter sich gelassen. Keiner der Sätze, die ich vorausgeschickt und mitgebracht hatte, über die ich wochen- und monatelang gegrübelt hatte, würde sie einholen können.

»Wie lange willst du denn bleiben?«, sagte sie, in eine Stille hinein.

»Geht es bis morgen früh?«

»Ja, klar, kein Problem«, sagte Yvonne, plötzlich in einem ziemlich warmen Tonfall, und sie legte mir kurz ihre rechte Hand auf den Oberschenkel.

»Du bist so schrecklich dünn geworden.«

Die Tränen schossen mir in die Augen, und ich schaute zum Türfenster hinaus, um mein Gesicht zu verbergen.

In Yvonnes Wohnung hatte sich nicht viel verändert. Ich entdeckte keinerlei Zeichen für die gelegentliche Anwesenheit eines Mannes, Rasierschaum, Badelatschen oder ein Foto. Die Stelle am Regal neben Yvonnes Schreibtisch, an der das Foto von mir gehangen hatte, war leer. Es gab dort ein helles Rechteck auf dem unbehandelten Fichtenholz.

Als wir gegessen und etwas Wein getrunken hatten, erzählte sie mir, was im vergangenen Jahr geschehen war, dies und jenes, und alles war recht angenehm gelaufen, ihre persönliche Entwicklung sei voran geschritten, ihr Selbstbewusstsein sei stärker geworden. Sie fühle sich freier, es gehe ihr also, sagte sie, »richtig gut«.

»Das freut mich sehr für dich«, sagte ich.

Ich hätte gehen müssen, irgendwo hin, ins Hotel, in den nächsten Zug, aber ich wusste, dass ich das nicht tun würde. Über meinen Brief verlor Yvonne kein Wort. Einige Male setzte ich an, sie noch einmal zu fragen, aber ich ließ es schließlich sein. Immer öfter schenkte ich mir das Glas voll. Ich übernachtete vollkommen schlaflos auf der Couch im Wohnzimmer.

Am nächsten Morgen waren wir durch die sonntäglich menschenleeren Straßen gefahren und standen wieder am Bahnsteig. Yvonne verabschiedete mich viel zärtlicher, als sie mich begrüßt hatte. Sie weinte sogar, ich fragte sie nicht, warum. Der Zug hatte zehn Minuten Verspätung. Ich versuchte, den Zugriff meiner Augen zu intensivieren, um die geschenkte Zeit möglichst gut zu nutzen.

»Was kuckst du so?«, sagte Yvonne. Sie zog ein Tempotaschentuch aus ihrer Jacke und schnäuzte sich die Nase.

Nicht einmal ihre beiden verweinten Augen, von denen ich immer behauptet hatte, dass sie traurig seien, konnte ich gleichzeitig betrachten, ich musste mich jeweils für eines von beiden entscheiden, obwohl ich dieses wichtige Bild vom Leben gerne ganz einheitlich in mich aufgenommen hätte, vielleicht wie eine Kamera: Die gelockten braunen Haare, wie sie, trotz ihrer Kürze, immer noch unkontrolliert abstanden. Der große Mund mit den unterschiedlich tiefen Grübchen links und rechts, der im betrübten Mienenspiel sehr gut mit den Augen zusammenarbeitete. Und überhaupt, wie sie nie vollständig anwesend war an einer Stelle, auch jetzt nicht, jetzt schon gar nicht, neben mir auf ihren langen schlanken Beinen stehend, den Oberkörper, wie immer, leicht gebeugt.

»Was ich dich noch fragen wollte«, sagte sie, »warum hast du mir eigentlich diesen komischen Klaus Hoffmann geschickt? Das habe ich nicht kapiert! Den haben wir früher immer auf der Gitarre gespielt.«

»Ach, nur so, weiß auch nicht. – Ich dachte, das gefällt dir vielleicht.«

Endlich kam der Zug. Ich erhielt einen kurzen Kuss auf den Mund, stieg ein, winkte noch einmal aus dem Fenster meines Abteils, und dann war alles wirklich vorbei.

Die Reinheit des Augenblicks. »Du hast mir immer noch nicht gesagt, ob ich ihn verlassen soll.«

Anja lacht, als sie das sagt, und ihr Lachen passt zu dem Pinsel, zu dem sie ihr Haar auf der Kopfmitte zusammengesteckt hat. Sie weiß, wie sehr mich diese Frage in Verlegenheit bringt. Es ist noch ziemlich kühl. Dennoch steige ich wieder aus, um das Verdeck meines Smart-Cabrios zu öffnen. Auf diese Weise gewinne ich etwas Zeit.

»Weißt du«, sage ich, als ich wieder im Auto sitze, »Deine Freundinnen werden dir alle raten, bei deiner Familie zu bleiben, oder?«

»Klar tun sie das«, sagt Anja.

»Weil sie nämlich Angst vor der Verantwortung haben. Wenn sie dir raten würden, deinen Mann zu verlassen, und du würdest es tun, und es ginge schief zwischen uns, dann wären sie verantwortlich für deine Misere. Also raten Sie dir, das zu tun, was sie selbst tun, nämlich in der Ehe bleiben, unbefriedigt, gelangweilt, aber abgesichert. Der Spruch dazu heißt: Sex ist nicht das Wichtigste im Leben.«

»Und du, was willst du?«

»Wir haben uns erst drei Mal gesehen«, sage ich. Das scheint Anja zu amüsieren.

»Ich fürchte mich ein wenig vor der Verantwortung«, sage ich, strecke den Hals und prüfe im Innenspiegel meinen Gesichtsausdruck.

Zunächst hatte ich gezögert, ihr einen Ausflug ins Nahetal vorzuschlagen, denn sie hat mir davon erzählt, dass sie mit ihrem Mann dort gewesen ist. Ganz früher, ehe die Kinder kamen, verbrachten sie ein paar Tage in Ebernburg. Aber dann hat mich gerade dies gereizt, dieses Nachstellen der alten Situation. Mir gefällt der Gedanke, dass ich die Macht habe, Teile ihrer Lebensgeschichte mit mir selbst zu überblenden.

Anja hat eine CD mitgenommen, irgendeine pathetische italienische Sängerin, die sie jetzt lauthals mit ihrer Stimme begleitet. Wir verlassen die Schnellstraße, um in das Tal der mittleren Nahe zu fahren. Gerade noch, ehe die Abfahrt die Sicht abschneidet, sehe ich im Rückspiegel, dass der große dunkle BMW, der seit ein paar Minuten fünfhundert, sechshundert Meter hinter uns in gleich bleibendem Abstand gefahren ist, ebenfalls abbiegt. Er ist mir deshalb aufgefallen, weil ich wegen des offenen Verdecks und der Selbstgenügsamkeit unserer Fortbewegung ungewöhnlich langsam fahre, maximal achtzig, neunzig. Einhundertzwanzig wären erlaubt. Der BMW fährt weiter hinter uns her, doch ich lasse mir nichts anmerken. Unsere Wege trennen sich erst, als ich schließlich abbiege, um über einen Damm zu fahren, der die Nahe zu einem See aufstaut. Auf einem kleinen, vom Regen schlammigen Parkplatz am Fuß des Lembergs halte ich an.

Anja und ich steigen aus. Sofort ist die Stille da, die Stille eines schönen Oktobermorgens, wenn die Grillen vor der Kälte der Nacht kapituliert haben und schweigen. Das ferne Toben des Wassers, das über das Wehr stürzt, gehört dazu, ja es vertieft die Stille sogar. Die Pfützen reflektieren die Sonne, vier, fünf Lichtblitze treffen mich, als ich die ersten Meter gehe. Auch die Wassertröpfchen, die in den Spinnennetzen zwischen den Zweigen der Buchen und Hainbuchen hängen, schicken kleine Grüße von der Sonne. Anja hat sich bereits die Schuhe vermatscht, worüber sie begeistert ist. Wir beginnen mit dem Aufstieg auf den vierhundert Meter hohen Berg.

Wie zu unserer Begrüßung markiert eine im Gegenlicht ockergelb leuchtende Esche die Stelle, an der unser Weg in den Wald führt. Wir betreten die hohe dämmrige Buchenhalle. Überall taumeln einzelne Blätter wie große rotbraune Schneeflocken die Stämme hinunter. Wir gehen über einen geschlossenen Teppich glänzender Buchenblätter. Anja macht einen Schlenker hin zu einem Blatthaufen, gibt ihm einen Tritt und freut sich über den Wirbel, den sie anrichtet. An einer Gruppe Ahornbäume halten wir an, auch ein einsamer, riesiger Kastanienbaum steht hier. Ich bücke mich, nehme eine Kastanie vom Boden und bewege sie ein paar Minuten lang in der Innenfläche der Hand. Später gehen wir durch lichten Kiefern-

und Fichtenwald, aus dem die jetzt bereits kräftige und warme Sonne einen ätherischen Duft brütet, der mir sommerlicher vorkommt, als ich ihn je im Sommer wahrgenommen habe. Ich freue mich darüber, dass der Herbst so geschickt den Sommer nachahmen kann. Er tut es nostalgisch und sentimental, indem er ausschließlich die Schönheit zitiert, nicht die unangenehmen Seiten, wie drückende Luft oder Insektenattacken. Anja, die den Pulli über den Schultern trägt, hat kleine Schweißperlen auf der Oberlippe. Sie schaut mich verzweifelt an, als es sehr steil wird und ich wohl etwas zu schnell gehe.

Wir rasten auf einer alten, schwarzverwitterten Holzbank. Hinter uns sind Brombeerbüsche. Auf einigen ihrer Blätter ist das Rot zum Vorschein gekommen, das den ganzen Sommer unter dem Blattgrün verborgen war und das sich damals ausschließlich in den reifen Beeren zeigte. Wir schauen hinunter ins Nahetal, auf den Stausee, auf den gegenüber liegenden Südhang, der weit hinauf von Weingärten bedeckt ist. Die Rebstöcke sind noch überwiegend grün, von hier aus sehe ich lediglich einige wenige gelbrote Stellen. An den Bruchsteinmauern, die der Sicherung der Terrassen dienen, stehen die Traktoren der Winzer mit den Anhängern und ihren großen grünen Bottichen. Dutzende von Menschen sind auf mehrere Weinberge verteilt. Noch von hier oben aus erkennt man die Kopftücher der Frauen. Die Träger der Legel stapfen die Reihen hoch und holen die Trauben bei den Pflückern ab. Dann kehren sie zu den Traktoren zurück, um ihre Last loszuwerden. Gerade diese ferne, unhörbare Menschentätigkeit lässt mich den Frieden des Oktobervormittags umso stärker empfinden.

Und unsere Bank steht höher als die Gipfellinie des gegenüber liegenden Hanges. Der Blick ist deshalb frei auf die weit entfernten runden Berge des Hunsrücks. Auf diese lange Strecke betrachtet, wirkt der Dunst, der auf dem Land liegt, undurchdringlich, und seine sonnenbeschienene Obergrenze sieht aus wie der Spiegel eines stillen Ozeans, aus dem die fernen Hügel herausschauen wie die Rücken grauer Wale.

Heute, jetzt, auf dieser Bank, habe ich den Beweis dafür, dass der Duft des feuchten, von der Sonne erhitzten alten Holzes, der in irgendwelche weit entfernte Seelenlandschaften führt, tatsächlich so riecht wie Anjas Haar, in das ich meine Nase stecke, um gierig und glücklich zu vergleichen. Anja versteht nicht, warum ich das tue, sie fragt mit den Augen, sagt aber nichts, und sie legt sich jetzt seitlich mit der linken Hüfte und dem linken Oberschenkel auf die Bank, mit dem Oberkörper auf meinen Schoß, das Gesicht mir zugewandt. Sie trägt ein weißes, ausgeschnittenes T-Shirt über ihrem BH, und sie riecht nach frischem, warmem Schweiß. Ich fasse eine ihrer Brüste an und bemerke sehr stolz das beträchtliche Gewicht, während Anja den Oberkörper mit ihrem linken Arm abstützt, um mehr Raum für meine Hand zu schaffen.

Gleichzeitig öffnet sie ihre Schenkel, damit ich Gelegenheit habe, ihr zwischen die Beine zu fassen.

Um die späte Mittagszeit sind wir wieder unten im Tal. Ich sehe, dass ein zweites Auto seine Reifenspuren in der weichen Erde des kleinen Parkplatzes hinterlassen hat. Ich erkenne an den vier tief eingegrabenen Profilabdrücken, dass es neben meinem Smart geparkt hat, aber ich sehe keine Fußstapfen. Anja beachtet die Reifenspuren nicht, ich mache sie auch nicht darauf aufmerksam. Alles kann Zufall sein.

»Hast du dein Mobiltelefon eingeschaltet?«

Sie schüttelt den Kopf, lächelt.

»Und das fällt nicht auf?«

»Ist mir egal«, sagt Anja.

Im Dorf kehren wir in einem Gasthof ein, sitzen lange im sonnigen Innenhof, trinken jeder zwei große Gläser Weinschorle, essen eine Kleinigkeit und zeigen uns sehr leutselig mit den übrigen Gästen. Die meisten von ihnen sind Männer und Frauen aus der Weinlese, die hier ihre Mittagspause machen. Jedes Mal, wenn ein Motor zu hören ist, schaue ich durch die Toreinfahrt des Hofes, die zur Dorfstraße führt. Später fahren wir ein paar Kilometer weiter, steigen durch den Wald zu einer Burgruine auf. Wir überklettern von innen die Reste einer der alten Außenmauern, aus deren Fugen große Pflanzen, sogar kleine Bäume wachsen. Zwischen der Mauer und dem Beginn des steilen Abhanges ist ein Streifen Wiese, gerade breit genug, um sich hinzulegen. Wir schauen auf eine Lichtung, auf ein Bächlein. Die Sonne steht schon recht tief und scheint uns in die Gesichter. Wir schlafen eine Weile, nebeneinander auf dem Rücken liegend.

Als ich erwache, sehe ich, dass der Himmel noch klarer geworden ist. In sein Blau mischt sich jetzt ein dunkler Ton. Es entsteht jedoch kein Graublau, sondern ein helles Schwarzblau. Eine V-Formation von Vögeln zieht in großer Höhe nach Südwesten über den Himmel, ein Jet auf dem Weg nach Frankfurt kreuzt über ihnen ihre Bahn. Er scheint fast auf der Stelle zu stehen, es ist ein Wunder, dass er nicht abstürzt. Ich bin so selig, derart gedanken- und gefühlsleer, als hätte ich die Zeit und die Welt für sehr viele Jahre verlassen und wäre soeben, zu dieser Stunde, an diesen Ort zurückgekehrt, nachdem alle meine Erinnerungen gelöscht worden sind. Aber ich spüre, dass die absolute Reinheit des Augenblicks sehr bald verschwinden wird.

Ich stütze mich auf meinen Ellenbogen, um Anja zu beobachten, wie sie aufwacht, weil ich ihre Nasenflügel leicht zusammendrücke. Vielleicht bin ich ihretwegen in dieser Hochstimmung? Schön sieht sie aus mit ihrem geröteten Gesicht, unschuldig, geil und verpennt. Vielleicht sollte ich mein gegenwärtiges Wohlgefallen einfach »Liebe« nennen? Andere tun das, ich jedoch bin ein Wortgläubiger, und dieses Wort gehört zu den wichtigsten Wörtern überhaupt. Vor keinem anderen Wort, »Tod« vielleicht ausgenommen, habe ich eine derartige Ehrfurcht. Wenn ich es anwenden soll, muss ich genau wissen, was es bedeutet, und diese Wortbedeutung muss ganz und gar in mir anwesend sein. Beides aber ist niemals der Fall gewesen, wenn ich mit einer Frau zusammen war. Irgendwann wird Anja genug von mir haben. Sie wird gehen, besser: Sie wird nicht mehr kommen. Dann werde ich derart leiden, dass ich in meinem Wahn behaupten werde, sie zu lieben. Erst dann verstehe ich das Wort »Liebe«, und wahrscheinlich spreche ich es sogar aus, allein in meiner Wohnung. Es schüttelt mich bei diesem Gedanken.

»Was ist? Was hast du?« Anja ist von der Sonne geblendet und blinzelt mich an.

»Bleib bitte liegen, bis die Sonne weg ist«, sage ich.

»Es ist so schön hier«, sagt sie, »mit dir.«

Dieser Satz verstimmt mich leicht. Es wird rasch kühl, wir kehren zum Auto zurück. Dieses Mal sehe ich nichts Auffälliges. Die Rückfahrt nach Frankfurt verläuft ohne Zwischenfälle.

Wir essen in ihrem Hotel zu Abend. Morgen wird sie zurück nach Hamburg fliegen. Ihr Kongress ist vorbei. Ich fühle, dass mein Inneres – wie soll ich sagen? – dass mein Inneres an Volumen gewonnen hat durch diesen Herbsttag und dadurch, wie er aufhörte, mit diesen Vögeln, diesem Schwarzblau des Himmels, diesem Weggehen und Vergehen, dieser Gänsehaut, während es immer klarer und kühler wurde. Die Dinge, der Tisch, die Menschen, Gabel, Messer, Anja, die leise Dudelmusik – alles kommt weich in mich hinein und wird sicher in mir festgehalten. Nichts kann mich verletzen oder fällt durch mich hindurch. Nichts, was ich tatsächlich verlieren werde. Auch nicht die Angst vor dem, was jetzt oder morgen kommen wird, kann diese Gewissheit von mir selbst und meinem Leben oder von seinem Ende durchbrechen.

Anja ist sehr schweigsam. Ich bemerke, dass ihr Blick jetzt häufiger von unten kommt, ehe er meine Augen trifft, seltener von der Seite oder von oben. Sie schaut auf ihren Teller, dann fährt ihr Blick ganz langsam und gleichmäßig über die Tischplatte zu mir hin, an meinem Körper nach oben. Nach wie vor trägt sie diesen Haarpinsel auf der Mitte ihres Kopfes, aber sie wirkt damit jetzt eher traurig, wie ein trübsinniger Clown.

»Ich will nicht wegfahren«, sagt sie, als sie wieder einmal mit ihren Augen bei mir angekommen ist.

»Wir werden uns bald wieder sehen«, sage ich.

»Und dann?«

»Du hast Zeit, darüber nachzudenken«, sage ich und wünsche mir erneut, meine Worte würden dieser grundmassiven Gewissheit entspringen, die ich bei verliebten Männern in Kinofilmen bewundere, wenn sie eine Frau erobern, wenn sie diese Frau mit Macht und Kraft zu sich heranziehen. Sie wissen, was sie wollen, diese Männer, sie sind ohne jeden Zweifel. Ich hingegen bin voller Zweifel darüber, ob Anja sich überhaupt entscheiden sollte, und falls ja, ob ich eine Entscheidung für mich und gegen ihren Mann ertragen könnte.

Wir sitzen mittlerweile in einer Nische der Hotelbar. Ich beginne, über die Menschen an der Theke zu reden, erfinde Schicksale für sie. Anja lacht, ich jedoch benutze die Gelegenheit, um mir jeden einzelnen genau anzusehen. Selbst wenn Anjas Mann etwas gemerkt hat: Ist er der Typ, um ihr hinterher zu spionieren? Anja meint: Niemals, wenn er so wäre, würde sie ihn vielleicht gar nicht betrügen. Aber ich bin mir seit einiger Zeit nicht mehr sicher.

Später, in ihrem Zimmer, bin ich ziemlich betrunken, müde und missgelaunt. Ich liege auf dem Bett, als Anja den Kopf durch den Spalt der Badezimmertür steckt und mich herein winkt. Sie ist fröhlich, sie hat nicht bemerkt, dass ich in meinem Verdruss versunken bin. Die Badewanne ist voll gelaufen. Offenbar hat Anja eines der bereitgestellten Fläschchen mit Badeschaum ins Wasser geleert. Ich soll mit ihr baden. Sie gurrt kokett, was mich in diesem Moment etwas nervt.

Ich denke: »Ein letztes Mal«, als sie auf mir sitzt und frage mich sofort, was dieser dämliche Gedanke soll. Ich habe ihn gedacht, als ich mich mit meiner Stimmung schon längst von ihm entfernt hatte, deshalb, weil er nun mal vorbereitet war, sozusagen aus Trotz, um ihn nicht zu verschwenden. Von dieser Erkenntnis wird mir viel leichter. Ich bin erneut in großer Einverstandenheit mit dem Augenblick. Wir lachen immer wieder, wenn unsere Bewegungen hohe Flutwellen auslösen, die über den Rand der Wanne schwappen. Schließlich respektieren wir die Gesetze des Wassers und die Enge der Badewanne. Anja legt sich auf den Rücken, ihr Kopf mit den nassen Haaren und der zerlaufenden Wimperntusche liegt nur knapp über dem Wasserspiegel, ich mache schnelle kleine Stoßbewegungen, um das Wasser nicht allzu stark aufzuregen. Dabei merke ich, dass ich gerade durch diese Einschränkung, vielleicht aber auch deswegen, weil es genau jetzt so sein muss, die Grenzen zu ihr schöner und brutaler überschreite als je zuvor. Oder vielleicht ist es auch das heiße Wasser, das die Unterschiede von Innen und Außen verwischt; das Wasser, von dem ich jedes Mal, wenn ich, ohne nennenswerten Widerstand zu spüren, in Anjas Bauch hineinstoße, etwas mittransportiere, wodurch ich mich selbst wie strömend, wie Wasser empfinde, hineinströmend, wenn man so will, und hinausströmend, wenn ich mich zurückziehe. Alles verschwimmt jedenfalls ineinander, wie es noch niemals zuvor geschah. Ich bin tatsächlich wie Drinnen und Draußen gleichzeitig, und besser geht es wohl nicht.

Wir reden die halbe Nacht miteinander, mit langen Pausen, erzählen uns gegenseitig unsere Verschrobenheiten und lachen völlig übermüdet darüber.

Am nächsten Morgen, nachdem wir gefrühstückt haben, betrachte ich die Rückverwandlung von Anja in diese Art von Lady, die ich vor zwei Tagen, bei ihrer Ankunft, erlebt habe. Sie trägt wieder genau die Kleidung, die sie trug, als sie kam. Noch während sie ihren Koffer packt – wieder liege ich auf dem Bett und beobachte sie – stelle ich mir vor, wie sie schon in Kürze rückwärts aus dem Zimmer gehen wird, Koffer und Tasche in den Händen, wie in einem Film, den man rückwärts laufen lässt. Ich werde dabei spüren, wie sie sich auch von mir zurückzieht, das Gesicht zu mir gewandt. Ganz unspektakulär wird das ablaufen. Sie ist, was mich betrifft, tatsächlich sehr unaufmerksam, bis sie endlich reisefertig ist. Wir müssen gegen Mittag am Flughafen sein.

»Ich bin fertig. Wir können los«, sagt sie, ohne zu lächeln, geschäftig und nüchtern. Ihre Haare sind im Nacken hochgesteckt.

»Arrogant«, denke ich. Ich bin aus dem Spiel. Groll steigt in mir hoch. Wie konnte ich mich ernsthaft mit der Frage beschäftigen, ob sie ihren Mann verlassen soll oder nicht? Wortlos nehme ich meinen leichten Mantel aus dem Schrank, dann meinen Rucksack mit meinen Toilettensachen, schließlich den Koffer. Ihre Reisetasche trägt Anja selbst. Und jetzt geht alles sehr schnell. Wir haben uns bereits voneinander verabschiedet, als wir damit beginnen, es zu tun. Aber ich glaube, ich werde erst später begreifen, was jetzt geschieht und was in den vergangenen Tagen geschehen ist. Im Augenblick ist lediglich eine Denkabsicht vorhanden, ein Signal, das die Stelle vermerkt, mit der ich mich noch genauer beschäftigen muss, ähnlich wie die Fahne, die beim Golfspiel so lange das Loch markiert, bis der Spieler tatsächlich zum Putten kommt. Dann ist da noch der Unterschied zwischen dem, der auf die Reise geht, und dem, der bleibt. Im Aufzug, mit einem fauligen Gefühl im Magen, wird mir klar, dass mir vielleicht ebenso leicht ums Herz wäre wie ihr, wenn ich sie in Hamburg besucht hätte und jetzt nach Hause fahren würde.

Unten in der Halle fasse ich Anja bei der Hand. Sie schaut mich an, hebt ihre Augenbrauen. Offenbar erkennt sie jetzt in meinem Gesicht, dass Gefühle in mir kämpfen. Ich ziehe sie zu einer Vitrine, die in der Mitte der Halle steht und irgendwelche alten Bücher zeigt. Wir stehen uns gegenüber, eine orientierungslose Theatralik hat sich in mir inszeniert, aus der schließlich ein Satz entsteht.

»Ich will nicht, dass das alles war zwischen uns.«

Dabei schaue ich ihr tief in die Augen. Anja scheint erleichtert, erfreut, kommt tatsächlich noch einmal kurz zu mir zurück, zurück in unsere Intimität, die zäh und süß an mir kleben geblieben ist, obwohl sie so flüssig und unkompliziert schien, als sie auftauchte. Mit der Rückseite ihrer rechten Hand streicht sie mir über die Wange: »Quatsch!«

Wir nehmen ein Taxi zum Flughafen. Während der Fahrt denke ich an den Rückweg und daran, wie ich allein zuhause bin. Ich stehe mit Anja in der Schlange zum Einchecken, dann haben wir noch ein wenig Zeit, mit der wir aber nichts anzufangen wissen, weil sie die Trennung lediglich banalisiert, eben deswegen, weil alles, was dauert, banal wird. An der Sicherheitskontrolle gebe ich Anja einen raschen Kuss und gehe. Noch einmal sticht es scharf in mir. Aber als ich das Terminal verlasse, bewege ich mich etwas schneller und hüpfender als üblich.

Der Existenzstreik. Schon wieder hört er die eigene Stimme, wie sie mitteilt, dass er selbst im Augenblick nicht erreichbar sei. Sie bittet um eine Nachricht nach dem Pfeifton. Zwei Mal hat das Telefon heute bereits geklingelt, zwei Mal ist der Anrufrekorder angesprungen. Das erste Mal war es der Gehilfe von der Waschstraße mit seinem täglichen Routineanruf. Den nahm Richard selbstverständlich an. Auffällig höflich hat er geklungen, der Gehilfe. Alles sei in Ordnung, sagte er. Dieses Mal ist Silvia zu hören: »Richard!«, sagt sie, und ihre Stimme klingt aufgebracht, »geh doch ran, du bist doch garantiert zuhause! Warum ist dein Handy immer abgeschaltet?«

Richards Ansage klingt schnarrend, aggressiv und unsicher zugleich. Richard ist sich dessen durchaus bewusst. Sie ist so alt wie der Anrufrekorder selbst, gewiss sieben, acht Jahre. Wenn man so will, ist sie ein Tonzeugnis von Richards offenbar auch damals ausgesprochen marodem Gemütszustand. Silvia fordert ihn von Zeit zu Zeit auf, das Band endlich neu zu besprechen.

»Du klingst wie ein Psychopath«, sagt sie, und das ist meist der Beginn einer Gereiztheit bei Richard.

Er klingt nun mal, wie er klingt, und wenn sie ihn

für einen Psychopathen hält, dann hat sie wohl Recht und dann soll sie doch gehen!

Überhaupt gibt es da wohl eine Art Urgereiztheit im inzwischen einundsechzigjährigen Richard. Er würde das niemals zugeben, aber in Wahrheit weiß er, dass er schon immer außerordentlich verärgert war. Die Gegenstände seines Ärgers, oder besser gesagt, die Felder, die er mit seinem Ärger bestellte, wechselten ständig, aber die Intensität des Grimms selbst nahm nur wenig ab seit der Zeit, als er ein Halbstarker war. So nannte man damals fünfzehn-, sechzehnjährige Jungs. Weiter zurück ins frühe Leben hinunter hat er nur wenige eigene Erinnerungen. Einiges hat ihm sein älterer Bruder erzählt, und natürlich seine Mutter, die noch lebt, nie wieder geheiratet hat, seit ihr Mann, Richards Vater, in den letzten Tagen des Zweiten Weltkriegs fiel, kurz nachdem er Richard gezeugt hatte.

»Wenn er's denn überhaupt war«, sagt Richard sich manchmal.

Sein älterer Bruder ist nämlich hellhäutig, weichfleischig und feinhaarig schüttern blond, Richard selbst aber könnte trotz des vor einigen Jahren abgelegten Schnurrbarts in einem Historienfilm den Eroberer aus dem Balkan spielen, schwarzhaarig, muskulös, mager, harthäutig und zäh, wie er ist. Nicht das geringste Zeichen von Glatzenbildung ist zu sehen, man könnte vermuten, dass er eine drahthaarige Perücke trägt.

Hierzu passt übrigens auch der Eroberergang, den er sich irgendwann angewöhnt hat. Er geht stets sehr aufrecht, immer mit halb geblähten Lungen, so dass unter dem Rippenbogen die Bauchdecke sich nicht auf gleicher Höhe fortsetzt oder gar nach außen wölbt. Sie fällt, im Gegenteil so stark nach innen ab, dass kaum Raum für Gedärme und sonstige Innereien übrig zu bleiben scheint. Richard hat also durchaus etwas von einem aufrecht gehenden Windhund. Nur der Kopf passt nicht dazu, der ist – um bei den Hunden zu bleiben – eher starknackig rottweilerhaft.

Die Mehrzahl der Stunden verbringt Richard jedoch liegend. So war es sein Leben lang, er hat immer gerne gelegen. Im Moment, das heißt seit etwa drei Wochen, hat das allerdings extreme Formen angenommen. Er erhebt sich nur noch selten aus dem schmalen Bett, meist, um mit Hilfe des Internets seinen persönlichen Wetterbericht zu erstellen. Dutzende von Internet-Adressen dienen dazu, sie sind unter den »Favoriten« gespeichert. Richard könnte, wenn es nötig wäre, einen aktuellen Satellitenfilm von Papua-Neuguinea laden.

Der Deutsche Wetterdienst ist übrigens einer der Hauptfeinde Richards, ein Hauptfeld seines Ärgers. Richard geht von bewusster Irreführung der Bevölkerung aus, organisiert vom Deutschen Wetterdienst, einer korrupten, von Faulenzern beherrschten quasistaatsterroristischen Geheimbande.

Einmal am Tag, wenn der Kater und die Mattigkeit sich gelegt haben, geht er außerdem hinaus, um eine Mahlzeit einzunehmen, meist ist es ein verspätetes Frühstück. Zuhause sind, sieht man von Kaffee und Alkoholika ab, keinerlei genießbare Lebensmittel zu finden. Auch dies musste Silvia ertragen, und sie trug es mit Fassung und mildem Spott. Im Eisfach des Kühlschranks liegen seit Jahren ein gefrorener Hummer, der inzwischen weitgehend von Eis bedeckt ist, sowie eine vom Frost zerplatzte Champagnerflasche, beides also Zeugnisse eines offenbar misslungenen Versuchs exquisiter Lebensführung. Etwas gefrorener Champagner ist pilzförmig aus der Flasche gewachsen, oben trägt er als Hut das grüne Stück Glas, das er weggesprengt hat.

Außerdem besorgt Richard Futter für seine Katze Pollux sowie neue Journale und Magazine. Der Gang in die Stadt ist jedes Mal ein Anlass, sich zu rasieren, zu duschen und sich anzuziehen. Er liest große Tageszeitungen und den SPIEGEL, wobei er sich ganz besonders auf die Artikel konzentriert, die das aktuelle Feld seines Ärgers betreffen. Es ist ganz erstaunlich, wie umfänglich und genau er das alles in sich aufnimmt, wie er es zitieren, kommentieren kann, wie er sich dabei recht kompetent in Rage redet, als hinge sein Leben ab von dieser, um ein Beispiel zu nennen, skandalösen Zinspolitik der Europäischen Zentralbank, die den deutschen Mittelstand in den Ruin treibe. Es sind die Momente, in denen seine Gesprächspartner eine Ahnung bekommen vom ungeheuren Ausmaß der Verärgerung, die Richard erfüllt und die nicht nur in sein Gemüt, sondern auch in seinen Körper eine starke, durchs Alter kaum erlahmte Feder eingezogen hat, so dass man immer dann, wenn er sich beugt, gemütsmäßig oder mit seinem Körper, damit rechnen muss, ihn alsbald und mit erschreckender Kraft in seine aufrechte, heroische Haltung zurückschnellen zu sehen, wo er noch kurz nachvibriert, um anschließend wieder im Vollbesitz seines Ärgers zu verharren.

Er liest außerdem ein paar Uhren- und Autojournale und die Kundenzeitschrift der PORSCHE AG. Niemals liest er Bücher, abgesehen von einem einzigen, dem »Buch der Unruhe« von Fernando Pessoa, das seit Jahren neben seinem Bett liegt und in dem er hin und wieder ein paar Lieblingspassagen nachprüft. Inzwischen dürften die Altpapierstapel vor und unter seinem Bett zusammengerechnet mindestens einen Raummeter füllen. Wenn er nicht liest, schaut er aufs Fernsehgerät, das links am Fußende des Bettes steht und stets läuft, mal mit, mal ohne Ton. Er schläft – und auch dabei läuft der Fernseher – oder er telefoniert mit der Arbeitskraft, die seine Autowaschstraße bedient. Zu beiden wird noch Einiges zu sagen sein, zur Arbeitskraft und zur Waschstraße.

Auch die Computeranlage ist Tag und Nacht hochgefahren und greift ständig aufs Internet zu. Es werden dort regelmäßig Informationen beschafft, hauptsächlich in der Hoffnung, das Wetter könnte sich endlich im Sinne des Waschstraßengeschäftes bessern. Das bewerkstelligt Richard manchmal sogar, ohne das Bett zu verlassen. Er richtet sich in diesen Fällen lediglich auf und greift nach rechts zur Maus, nebenan auf dem Schreibtisch, wobei er, obwohl von Hause aus Rechtshänder, die linke Hand benutzen muss, weil der rechte Arm den Oberkörper stützt. Aber das funktioniert inzwischen alles hervorragend. Der große Monitor steht am Schreibtischrand, nach unten geneigt, auch vom Bett aus einigermaßen bequem ablesbar.

Oft liegt Pollux, die Katze, in der Kuhle seines nach innen gewölbten Bauches und döst. Sie tut das inoffiziell, denn offiziell würde Richard nicht zugeben, dass Pollux »nach Schwulen- und Weiberart«, wie er wahrscheinlich sagen würde, in sein Bett hinein darf. Man muss wissen: Pollux ist der übriggebliebene Rest eines Paares. Seine Schwester Castor lag irgendwann tot auf Richards Terrasse. Man hatte sie wohl vergiftet. Seit diesem Tag hat Richard aus Mitleid für den vereinsamten Pollux die Disziplin gelockert.

Es sind mehrere Dinge, die Richard zum »Existenzstreik« veranlasst haben, wie er seine aktuelle Lebensform gegenüber seinen zwei, drei Freunden nennt, mit denen er auch jetzt noch gelegentlich telefoniert.

Zum einen ist Silvia persönlich dafür verantwortlich, diese selbstbewusste Endvierzigerin, die werktags mit Firmenwagen, Kostümen und High Heels daherkommt. Sie trägt ihre grauen Haare ungefärbt, aber straff nach oben gesteckt. Dies und die feine Zeichnung ihres Profils mit der fast griechischen Nase, dem immer noch vollen Mund sorgen dafür, dass Richard nicht unter den sexuellen Abstoßreaktionen leidet, die ihn angeblich beim Anblick von Frauen jenseits des Lebensalters befallen, das eine Fortpflanzung möglich oder zumindest für die menschliche Gattung sinnvoll erscheinen lässt. Diesbezügliche Richardsche Theorien sind jedenfalls in seiner Stammkneipe »Zum jungen Max« früher sehr bekannt gewesen, und sie sind verstummt, seit Richard Silvia kennt.

Hinzu kommt: Früher war Silvia eine halbprofessionelle Balletteuse. Das hat sich in einem graziösen Gang niedergeschlagen, ihrem Hohlkreuz, das auch der adäquaten Darbietung ihrer beachtlichen Brüste dient, und in der disziplinierten Wölbung ihres Arsches, der vielleicht das wichtigste Argument in Richards inneren Diskussionen über den Wert seiner Partnerschaft ist. Nach dem stürmischen Anhub der Liebesbeziehung zwischen Silvia und Richard – das war vor einem Jahr – gab es immer häufiger Missstimmungen, weil Silvia sich über die lang anhaltenden und engagiert durchgeführten Schimpfkanonaden Richards beschwerte, wie gesagt, zum Beispiel über Zinssätze oder über libanesische Scheinasylanten und Ähnliches.

»Ich bin eine Frau«, sagte sie, »ich liebe harmonische Stimmung, und das mag ja alles richtig sein, was du sagst, und auch ich lese Zeitung. Aber deine Laune, deine Gereiztheit verdirbt mir den Abend. Ich fühle mich hier fremd. Verstehst Du?«

Richard verstand nicht, oder er wollte nicht verstehen, oder wie auch immer: Schließlich war er es doch, Richard, er selbst, der eben genau so funktionierte, und sie, Silvia, sie hatte doch angeblich Gefühle für ihn!

Das alles hing ja auch damit zusammen, dass er sich mit dem Alkohol nicht mehr so zügelte wie am Anfang, als er Silvia kennen lernte. Und je mehr er trank, desto stärker trat die Verärgerung zutage.

»Ja, ja, du bist wie alle, allen ist das egal, kann doch alles vor die Hunde gehen in diesem Land, Hauptsache, die Harmonie stimmt, die Kerzen brennen.«

Nun, Silvia scheint erfahren genug zu sein, um einen Mann auch ohne Kerzenschimmer lieben zu können, auch ohne die Illusion, er sei eine ganz und gar ungewöhnlich fehlerarme und respektable Person. Man darf vermuten, dass es einiges gibt, was sie an Richard nervt, und sie hat sich das wohl auch zugegeben, und zwar von Beginn an. Wenn man sie allerdings dabei beobachtete, wie sie ihn anschaute, dann entdeckte man viel Wärme in ihren Augen, und zwar nicht nur dann, wenn die Feder in ihm sich bog, sondern auch danach, wenn er wieder so war, wie er meistens ist und nicht anders will und kann.

Zweifellos ist hier also starke Zuneigung am Werk, und so etwas setzt emotionale Kraft voraus. Vor etwa drei Wochen war diese Kraft zum ersten Mal offenbar nicht mehr ausreichend. Sie waren bei ihrem Lieblingsitaliener, bei »Simone«, als Richards Stimme jeden Bezug zu Silvia und der Situation verlor, in der sie sich befanden, während er den Irrsinn der EU-Osterweiterung geißelte. Silvia war in einigen wenigen Teilaspekten anderer Meinung, was keineswegs selten der Fall war, ohne dass sie es eigentlich für erwähnenswert oder diskussionsbedürftig gehalten hätte. Dass sie Richard an diesem Abend ganz gegen ihre sonstige Gewohnheit widersprach, obwohl es weder von der Sache noch von der aktuellen Situation her etwas mit ihr zu tun hatte, was da mit zunehmendem Schneid vorgetragen wurde, dass sie ihm schließlich sogar sagte, er gehe ihr schrecklich auf die Nerven, dafür war gewiss eine Erschöpfung ihrer Zuneigung verantwortlich. Man sah es auch daran, wie müde ihr die Lider über die Augäpfel sanken, ehe sie sich von seinem durch die deutsche Europapolitik schwerstverärgerten Gesicht abwandte und zur Seite schaute. Dort blieb ihr Blick irgendwo hängen, an einer Stelle, an der gar nichts zu beobachten war. Und dann dauerte es noch einmal ein paar Minuten, ehe sie Richard heftig ins Wort fiel.

Man trennte sich im Streit, und Silvia sagte, sie

wolle ihn eine Zeitlang nicht mehr sehen, »bis du dich beruhigt hast«. Es vergingen dann lediglich drei Tage, bis sie ihn wieder anrief, drei Tage, an denen Richard im Zustand äußerster, stets am Rand der Tränen sich befindender Gekränktheit seine Wohnung nicht verlassen hatte, an denen er Silvia beschimpfte und sich selbst schlimm verfluchte, fast ohne etwas zu essen, so dass seine Bauchdecke noch stärker nach innen fiel.

»Niemals«, hätte Richard wohl gesagt, wenn ihn jemand gefragt hätte, »lasse ich so etwas mit mir machen.«

Und deswegen nahm er das Telefonat nicht an, obwohl er Silvia sogar auf den Rekorder sprechen hörte, dass es ihr Leid tue und dass man sich doch wieder vertragen solle.

Er war also mit den Frauen schon wieder, und zwar in seinen fortgeschrittenen Jahren und im vorliegenden Fall mit Silvia, an diesem Punkt angelangt, an dem sie ihn attackieren, an ihm herumbohren, ihn verantwortlich machen für ihre Unzufriedenheit und ihre Hormonschwankungen. An diesem Punkt, an dem die über eine lange Zeit hinweg unmerkliche und hinterlistige Dünung ihres Grimms sich plötzlich zu einer hohen Brandungswelle auftürmt und ihn unters Wasser drückt. Dort unten, wo er sich ja hervorragend auskennt, hält er sich immer noch auf und hat den Eindruck, dass es keinen Zweck mehr hat aufzutauchen. Es würde immer denselben Weg nehmen mit diesen verfluchten Weibern!

2. Telefon und Anrufrekorder schweigen. Es liegt eine tiefe Ruhe im Zimmer, die Richard offenbar als quälend empfindet, denn er räuspert sich mehrfach, verlässt das Bett, steht nackt und recht behaart vor seinem Schreibtisch mit der Computeranlage, um eine genaue Wettervorhersage zu erstellen.

Das alte Spiel! Der ruckend ablaufende Radarfilm zeigt kleine, rot markierte Starkregenzellen, wie sie von Westen heranwandern. Es wird keine halbe Stunde mehr dauern, bis die erste der Zellen Richards Waschstraße erreicht haben wird. Sie liegen bereits über dem Pfälzer Wald, keine fünfzig Kilometer entfernt. Das Fatale ist: Wir haben Ende Juni, die – neben dem winterlichen Tausalz – stärksten Verbündeten des Waschstraßengeschäftes sind hoch aktiv: Die Sommerlinden blühen, und obwohl sie vergleichsweise zuckerschwach sind, versauen sie bereits überall die unter ihnen parkenden Autos. Nahtlos werden sich im Juli die viel klebrigeren Winterlinden und im August die Silberlinden anschließen, ebenfalls wahre Zuckerbomben. Der überaus starke Pollenflug des Juni ist sogar noch wichtiger, denn ihm kann man nicht entfliehen, egal, wo man parkt. Er verbindet sich mit dem Saft der Linden zu einem vortrefflichen gelblichen Film auf den Windschutzscheiben. Auch die Vögel sind aus dem Süden zurückgekommen und kacken ätzend auf den edlen Lack. Schließlich wäre die im Frühsommer allgemein gesteigerte Lebensfreude zu nennen, die in der Regel zuverlässig zu aktivem Waschverhalten führt.

In der Regel! Aber in diesem Frühsommer geschieht alle ein, zwei Tage das Folgende: Gerade dann, wenn Zehntausende von Fahrzeugen sich in einem ästhetischen Zustand befinden, der in absehbarer Zeit zum Besuch einer Waschstraße führen muss, wenn Pollen, Lindenzucker, Staub und Vogelkot die Freude am Renommierstück verderben, kommt solch ein Starkregenfeld mit einer Reinigungswirkung daher, die nahezu derjenigen einer Waschstraße entspricht.

Es ist zum Wahnsinnigwerden! Und was sagt der Deutsche Wetterdienst? – Ein um den anderen Tag meldet er die Regenfälle dort, wo sie garantiert nicht runterkommen werden. Und die Kosten laufen weiter. Die Pacht, der Lohn für den Erpresser, der Abtrag für die neu montierte Waschmechanik.

Finanziell ist es fünf vor zwölf für Richard, und damit kennen wir einen weiteren Grund für seinen Generaltrotz, der ihn ans Bett fesselt. Auch der vergangene Winter lief schlecht, er war viel zu mild, kaum Schnee, kaum Salz, dafür Dauerregen, Depression. Das Einzige, was blieb, waren die roten Früchte der zu Richards Befriedigung immer häufiger als innerstädtischer Straßenbaum gepflanzten Schwedischen Mehlbeere. Ein einziges Taubenpaar, das sich auf einem Mehlbeerbaum sättigt, kann einen unter ihm stehenden Wagen bis zur Verkehrsuntüchtigkeit vollkacken.

»Der Erpresser«, der eben en passant erwähnt wurde, das ist der Waschstraßengehilfe, vor etwa einem Jahr vom Arbeitsamt geschickt und vom im Grunde gutmütigen, jedenfalls faulen Richard eingestellt, um nicht aufwändig selbst nach einer Arbeitskraft suchen zu müssen. Richard nennt ihn so, weil er in gewisser Hinsicht tatsächlich von diesem Mann erpresst wird, der nämlich beobachtet hat, dass sein Chef die Euromünzen aus den Staubsaugern häufig nicht registriert. Als Richard ihn vor Ablauf der Probezeit entlassen wollte, weil er seinen Kunden das zunehmend ungepflegte und ruppige Auftreten des Gehilfen nicht mehr zumuten wollte, weil er ihn außerdem, wie sich bald herausgestellt hatte, sowieso nicht ausstehen konnte, kam die Drohung mit der Anzeige wegen Steuerhinterziehung. Seitdem haben sich die Machtverhältnisse in der Waschstraße völlig umgedreht. Der Pferdeschwanz tragende Erpresser, er ist zwar ziemlich klein, aber tätowiert und außerdem Bodybuilder, hat jeden Respekt verloren, er tut, was er will. Einmal hat er Richard sogar Prügel angedroht, und dazu gehört schon Einiges.

Was hinzukommt: Richard weiß genau, dass er nicht nur erpresst, sondern auch betrogen wird. Selbst in den immer seltener werdenden optimalen Waschsituationen – stabiles Hochdruckgebiet nach

Schlechtwetterphase – bleiben seit dem Eklat mit dem Erpresser die Einnahmen, die dieser abends ins Bankschließfach bringt, markant hinter Richards Erwartungen zurück. Es gibt keinen Zweifel daran, dass das Zählwerk der Waschstraße manipuliert und Geld an der Kasse vorbei einbehalten wird.

Die Lage ist verzweifelt. Richard, in seinem Bett liegend, muss sich sogar kollegial und freundlich stellen, wenn der Erpresser anruft, um Störungen an der Waschstraße zu melden oder anzukündigen, er gehe heute wegen Durchfalls frühzeitig nach Hause und schließe die Anlage. Er könnte aus der Haut fahren und hat sich, was die Arbeitsgesetzgebung in Deutschland, »in diesem Land«, betrifft, zu radikalen Positionen aufgeschwungen, gegen die »faktische Entrechtung des Arbeitgebers«, und so weiter. Silvia ist übrigens in dieser Hinsicht ausnahmsweise ganz seiner Meinung, auch wenn sie nicht weiß, was da zwischen Richard und dem Gehilfen abläuft. Vollkommen ratlos ist Richard, und inzwischen hat er auch ein wenig Angst vor dem Erpresser. Auch dies trägt – man ahnt es bereits – zu seiner derzeitigen Existenzverweigerung bei.

Es ist in der Tat einiges zusammengekommen. Seit geraumer Zeit ist Richard der feuchte, kalkige Geruch in seinem Schlafzimmer aufgefallen. Die Sache wurde immer schlimmer, und schließlich bemerkte er, dass die Tropferei aus dem Siphon seiner Küchenspüle, die er seit Jahren mittels eines Eimers, in dem er das Wasser auffing, verwaltete, lediglich Teil eines viel größeren Defekts war, der inzwischen beträchtliche Teile des aus Spanplatten gefertigten Unterschranks der Spüle in bröselige Fäulnis verwandelt hatte. Und als er dann im benachbarten Schlafzimmer das Regal von der Wand zog, sah er den quadratmetergroßen Wasserschaden. Die Tapete warf grünliche Blasen. Offenbar war die ganze Trennwand zur Küche inzwischen durchnässt.

Nun steht das Regal dort, wohin es gerückt worden ist. Dass das entblößte Problem beseitigt werden muss, und zwar sehr bald, ehe das Wasser in die Wohnung unterhalb sickert, wo der Vermieter wohnt, das ist Richard klar, zumal er zu diesem geduldigen Mann ein ausgezeichnetes Verhältnis hat. Aber genau gegen diese Dringlichkeit, diese übergriffige Aufforderung zum schnellen Handeln wehrt er sich innerlich. Sie erbost und lähmt ihn, steht sie doch in einer Reihe mit Silvia, dem Deutschen Wetterdienst, der Finanznot, dem Erpresser und all den anderen schlimmen Dingen.

Bei dieser Gelegenheit muss nämlich auch etwas zum Gesamtzustand der Wohnung gesagt werden, der durchaus zur Ignoranz passt, mit der Richard die eigene Versorgung mit Lebensmitteln und das Problem des tropfenden Siphons traktiert. Man muss dazu Folgendes wissen: Richard behandelt fast alle Gegenstände ziemlich nachlässig, sieht man von seiner alten

Pattek Philippe – Armbanduhr, seinem Mercedes-Geländewagen und seinem Porsche ab, Gegenstände, die noch aus der Zeit stammen, in der er nicht eine, sondern drei Waschstraßen besaß, alle drei von seinem blonden Bruder übernommen, der sich aus diesem Geschäft zurückzog, weil sein Handel mit italienischen Sportwagen ihn reich genug gemacht hatte. Er lebt nun schon seit einigen Jahren in seinem Haus auf Ibiza.

Aus der glorreichen Zeit, als die Existenzgrundlage noch nicht auf eine einzige Waschstraße zusammengeschnurrt war, stammt auch die exklusive Auswahl an Kleidung im großen Schrank auf dem Flur. Die Dinge, die oben auf dem Möbel drauf liegen – Koffer, Taschen, auch ungeliebte Kleidungsstücke, ein Strauß mit Plastikrosen, den vom Wohnzimmertisch zu entfernen Silvia befohlen hat – sind mit dickem grauen Staub überzogen. Manche sehen aus, als sei ihnen ein Bart gewachsen. Drinnen allerdings finden sich die feinsten Sachen: Ein Kleiderstangenmeter mit handgenähten Hemden ausschließlich aus der Schneiderei von Luigi Borrelli, nebenan: Anzüge und Sakkos von Kiton, Brioni und Ermenegildo Zegna. Unterwäsche von Zimmerli und Julipet ist vorhanden, allerdings nicht gestapelt, sondern gestopft, in die Fächer hinein. Unten im Schrank stehen die Schuhe, teure, rahmengenähte Modelle, die wenigsten allerdings in gutem Pflegezustand.

Ja, das Hauptproblem Richards, die erwähnte Faulheit, oder sagen wir besser: die fast allen Lebenstätigkeiten gegenüber herrschende Grundskepsis, fließt ihm zäh durch die Adern, wann immer etwas zu erledigen wäre. Das sehen wir eben auch am Zustand der Kleidung, an den Sakkos mit ihren von Richards schwerem Schlüsselbund ausgebeulten Taschen, an den erwähnten Hemden. Nicht nur fehlen hier und dort Knöpfe, was umso verwunderlicher ist, als sie von Hand angenäht wurden und üblicherweise niemals abfallen – es sei denn, man reißt sie ab, zum Beispiel deswegen, weil man schon wieder über dies und jenes verärgert ist und, von dieser Emotion beherrscht, auch die Abläufe eines geregelten Entkleidungsprozesses als eine aggressive existentielle Gemeinheit empfindet, gegen die man sich zur Wehr setzt. Es sind auch hier und da Probleme mit den Kragen entstanden, wegen Richards balkanischem Bartwuchs, der auf Dauer jedes Tuch durchscheuert. Außerdem ist keines der Hemden im Schrank gebügelt. Richard bügelt sie jeweils einzeln, nach Bedarf, ehe er sie anzieht, und dadurch entstehen fast regelmäßig Zeitdruck und sehr schlechte Stimmung, denn die Viertelstunde, die das stets äußerst penibel durchgeführte Bügeln benötigt, ist niemals eingeplant gewesen.

Auch über das Wohnzimmer – er selbst würde den Raum niemals so nennen, denn so etwas passt nicht zu seinem antibürgerlichen, heroischen Existenzideal – mit der anschließenden großen Terrasse ist

Richard die Kontrolle entglitten. Die teure Büffelleder-Sitzgarnitur glaubte er einmal, mit Lederfett pflegen zu müssen. Es entstanden große dunkle Flecken, das Ganze sieht überhaupt nicht gut aus. Das Bücherregal ist mit literarischen Relikten aus der Studienzeit nur zu einem kleinen Teil belegt, der Rest ist vollkommen verstaubt, ebenso wie die große aufgetürmte Audioanlage, an deren Gerätschaften insgesamt drei Regelknöpfe fehlen. Sie sind, ähnlich wie die Hemdenknöpfe, nicht etwa durch häufigen Gebrauch verschlissen worden – Richard hört nur noch höchst selten irgendwelche Musik – sondern einigen wenigen, erbost durchgeführten Handlungen zum Opfer gefallen. Einen besonders traurigen Anblick geben die Grünpflanzen ab, oder besser: die Ex-Grünpflanzen, denn zum Beispiel der riesige Ficus ist vollständig entlaubt, die anderen Gewächse erkrankt oder halb verdorrt, außerdem von Pollux, der sie gelegentlich als Kletterstäbe oder zum Krallenschärfen benutzt, zerzaust. Silvia hat schon mehrfach zum Ausdruck gebracht, wie ernüchternd sie das alles findet, und Richard hat sich tatsächlich vorgenommen, »da ran zu gehen« – wie er sich ausdrückte. Aber nun, da die Sache mit Silvia sich so ärgerlich entwickelt hat, ist er ein wenig stolz auf den beharrlich konservierten, ganz und gar ihm, Richard, gemäßen Spezialzustand seiner Wohnung, und dass er sich nicht hat reinreden lassen von dieser Frau.

»Sie kommen und gehen«, sagt er plötzlich und laut

zu Pollux, der zusammenzuckt und sich entsetzt an den Boden schmiegt, »und du kannst machen was du willst, diese Weiber finden immer genügend Fehler an dir, um dich fertig zu machen! Denn du bist ein Mann, und genau das akzeptieren sie nicht!«

3. Inzwischen muss man ja sagen, dass Richard es tatsächlich nicht einfach hat. Vieles liegt allerdings wohl auch am Suff. Er kann ihn einfach nicht lassen. Nicht, dass er spektakulär viel tränke, medizinisch ist das alles fast unbedenklich. Aber Richard verträgt nicht viel, er trinkt außerdem zu den unpassenden Gelegenheiten, er zügelt sich nicht, und am jeweils folgenden nächsten Morgen würde er niemals zugeben, völlig verkatert und von überhaupt allem überfordert zu sein. So etwas wäre allzu unmännlich.

In den Wochen vor dem Eklat mit Silvia hatte er denn auch drei, vier Mal höchst unzureichend erigiert. Das war nie anders gewesen in seinem Leben, wenn er richtig schön getrunken hatte, und eigentlich weiß Richard genau, wie fatal sich die Kombination von Alkoholrausch und Geschlechtsverkehr bei ihm auswirkt. Wie auch immer, Silvia dürfte das nicht besonders gut gefallen haben. Und dann diese Bemühungen, den Vorgang dennoch sozusagen über die Bühne zu bringen! Schlimm sah das aus, ein ganz und gar unelegantes, handunterstütztes und verschwitztes Hineingestopfe, und Richard ist selbst froh darüber, dass er sich dabei nicht hat zuschauen müssen.

Und noch weitere aktuelle Bedrückungen gibt es, die auf Richard lasten! Aber wir müssen kurz unterbrechen, denn jetzt klingelt erneut das Telefon, und dieses Mal greift Richard sofort nach dem Mobilteil, als der Anrufrekorder anspringt, und Konstantin Sakskoburggotskis Stimme zu hören ist. Dunkel ist sie, sympathisch, und die Sätze klingen, als rollten viele, viele große Steine einen balkanischen Geröllhang hinunter.

Richard glaubt selbst, den Bulgaren Konstantin Sakskoburggotski nur wegen dessen Vornamen überhaupt wahrgenommen zu haben. Allerdings könnte man vermuten, dass es auch das Anarchisch-Südosteuropäische war, das da eine geheime, vielleicht sogar genetisch-familiäre Anziehungskraft auf Richard ausübte. Den Nachnamen hat er sich bis heute nicht gemerkt (»irgendwas mit ›Sack‹«).

Wie so oft, stand Richard an der Theke im »Jungen Max«. Er war an diesem Tag außerordentlich heftig geärgert worden, und dieser Ärger hallte noch bis zum vierten Bier in ihm nach, wenn auch der eigentliche Anlass in den Hintergrund getreten war. Erst als der Barkeeper den Namen »Konstantin« aussprach, war der Kristallisationskern für die aktuelle schwere Verstimmung wieder da, die – um jetzt mit der Aufzählung der Richardschen Bedrückungen fortzufahren – seinen Sohn Konstantin betraf, oder vielmehr dessen Mutter, deren Versuche, den Kleinen dem Vater zu entfremden, immer unverschämter wurden.

»Ihre Rache kennt keine Grenzen«, sagt Richard gelegentlich, »sie will mich kaputt machen dafür, dass ich sie nicht liebe.«

In der Tat, es sieht so aus, als habe er Recht. Es fragt sich allerdings, wie genau das gelaufen ist, diese Geschichte zwischen Richard und der damals siebenunddreißigjährigen Eleonora, einer Kunsttöpferin. Er sagt, es sei lediglich eine »Affäre« gewesen, und die Sache mit der Schwangerschaft – da sei er nicht gefragt worden. Aber dass er seinen zufällig und so spät im Leben entstandenen »Buben« über alles liebt, das ist nicht zu übersehen bei den seltenen Gelegenheiten ihres Aufeinandertreffens. Dann ist nichts mehr zu bemerken von der Feder, die ihn gerade hält. Sein Brustkorb wird schmal, der ganze Kerl scheint dünner und zarter zu werden, scheint sich zu beugen.

An diesem Tag hatte Eleonora den fünfjährigen Konstantin am Ärmchen festgehalten, als er zu seinem Vater hin wollte. Man hatte sich zufällig auf der Straße getroffen. »Keine Minute lass ich Dich an den Kleinen ran!«, rief sie.

Richard war entsetzt, sprachlos. Er hatte keine Ahnung von den Gründen für diese neuerlichen Verschärfung ihres Verhaltens, für die neue Stufe, die ihre Wut betreten hatte, aber er wehrte sich nicht, schritt davon, mit nun umso stärker angespannter Feder, steil aufgerichtet und erhaben.

Irgendeine tödliche Beleidigtheit trägt sie in sich, das ist klar, und dieses Gefühl wird mit den Jahren offenbar nicht kleiner, sondern größer. Die Zeit heilt diese Wunde nicht, sie lässt sie vielmehr eitern. Da gab es etwas, was Eleonora furchtbar getroffen hat, und die Existenz des kleinen Konstantin erinnert sie wohl jeden Tag daran. Richard hat seinen Sohn seit diesem Tag, seit dieser schrecklichen Begegnung auf der Straße, nicht mehr gesehen, und die Vermutung ist wohl richtig, dass auch die Trauer hierüber ihn zum Existenzstreik getrieben hat.

Konstantin Sakskoburggotski, in seiner schwarzen halblangen Lederjacke auf den Tresen des »Max« gestützt, zeigte breite Schultern, etwas zu lange Haare und eine beeindruckende Nase, die offenbar einen Unfall erlitten hatte und leicht nach links weggeknickt war. Richard war schließlich ins Gespräch mit ihm gekommen. Ein außerordentlich netter und origineller Kerl war das, und es machte beiden Spaß, wenn Richard die rollende Stimme Konstantins nachmachte, was ihm merkwürdig gut gelang. Richard spendierte einige Bier und sprach über das Altmetallgeschäft mit den osteuropäischen Staaten, von dem man entschieden etwas verstehen müsse, um nicht zu scheitern. Das sei nichts für Amateure und Träumer! Konstantin schilderte seine Notehe mit Gaby, einer zehn Jahre älteren Mannheimerin, die ihm den Aufenthalt in

Deutschland ermöglichte und die sich dafür von ihm aushalten ließ.

4. Das zweite Mal trafen die beiden, Richard und Konstantin Sakskoburggotski – um den Namen noch ein viertes und letztes Mal komplett zu nennen – bei Richards Autobastler aufeinander, und zwar rein zufällig. Dort, mitten in der schlimmen landschaftlichen Ödnis der Oberrheinischen Tiefebene bei Frankenthal an der Bundestrasse 9, verbringt Richard öfters ein paar Stunden, jedenfalls in den Zeiten, in denen er sich nicht im Existenzstreik befindet. Es treffen sich in der ehemaligen Tankstelle die merkwürdigsten Leute. Vedat, der Besitzer, ein sanfter, melancholischer, in Istanbul geborener Türke, sitzt meist im Kassenraum und trinkt Tee mit seinen Freunden und Kunden. Das beginnt erst gegen Mittag, manchmal sogar erst nachmittags, geht aber bis spät in den Abend hinein. In der kleinen Montagehalle nebenan arbeiten ein, zwei Leute im Auftrag von Vedat, manchmal auch Vedat selbst, der Karosseriebauer ist und den Großteil seines schmalen Einkommens mit dem Herrichten von Unfallschäden verdient. Es kommen Studenten, türkische und polnische Geschäftemacher, Arbeitslose und so weiter, die Preise für die Reparaturen werden nach Sympathie und dem von Vedat geschätzten Einkommen der Kunden gemacht. Hübsche junge Frauen zahlen prinzipiell wenig. In den letzten Jahren läuft das Geschäft immer schlechter, weil die neuen Autos nicht ohne Computer und Spezialsoftware gewartet werden können, und davon versteht hier niemand etwas.

Richard lässt seine beiden sehr in die Jahre gekommenen und deswegen auch weitgehend elektronikfreien »Fahrzeuge« – er nennt seine Autos »Fahrzeuge«, den Mercedes-Geländewagen der G-Klasse bezeichnet er auch als »meinen Wasserwerfer« – von Vedat reparieren. Aber noch lieber kommt er einfach »so« vorbei und sitzt in Vedats kargem Zimmer, trinkt Tee, entwickelt Geschäftsideen und lässt seinem Grimm über Phänomene der Lebenswelt freie Bahn. Immer häufiger beginnen seine Sätze dann mit: »In diesem Land…«, gefolgt vom jeweils anzuprangernden, deutschlandspezifischen Missstand.

Vedat ist da sehr geduldig, ihn scheint sowieso nichts erschüttern zu können. Es sieht so aus, als sei er mit neunzig Prozent seiner Gedanken und Gefühle ganz woanders, kein Mensch weiß, wo. Was noch anwesend ist, ist derart verdünnt, dass der ganze Ärger, sogar der durch Richards Redefluss forciert anwesende, der angeschwollene Ärger einfach so hindurchgeht. Nur manchmal, um das Gespräch in Gang zu halten, macht Vedat ein wenig mit, besonders wenn viele Freunde anwesend sind. Offenbar, um es sich einfach zu machen, schimpft er dann auf »das ganze System«, und irgendwann, sagt er, würde er sich »eine

Waffe kaufen und aufräumen«. Das kann sich allerdings tatsächlich niemand vorstellen.

Es stellte sich an diesem Nachmittag heraus, dass Konstantin auf dem Gelände hinter der Tankstelle einen Wohnwagen bezogen hatte, der dort seit Jahren, von der Luftverschmutzung fleckig grau geworden, auf platten Reifen stand. Vedat selbst hatte lange in dem Anhänger geschlafen, es gab alles, was man brauchte, Wasseranschluss, einen Heizlüfter, sogar eine kleine Dusche. Allerdings hatte sich ein intensiver schimmliger Geruch drinnen festgesetzt, weshalb Vedat selbst den Wohnwagen nicht mehr benutzte. Nun war es Konstantin, der, wie er sagte »gerade nichts Passendes zum Wohnen gefunden« hatte, der den Elendsgeruch ausströmte. Sogar seine Lederjacke roch stockig und völlig verarmt.

Man saß lange zusammen, Vedat, Konstantin und Richard, der zum ersten Mal, langsam und zögernd beginnend, dann zunehmend erregt, über die Situation mit dem Erpresser berichtete.

»Mann, da hat man doch gleich was im Kopf!«, sagte irgendwann Konstantin. Den Ausdruck gebraucht er häufig, er bedeutete: »Ich habe eine Idee«, oder so ähnlich. Er und Vedat schauten sich grinsend an.

Demnächst würde außerdem sowieso alles anders werden, denn ein Riesengeschäft stand unmittelbar vor dem Abschluss: Sobald ein Partner mit etwas Geld für die Spesen gefunden sein würde, würde er, Konstantin, im Auftrag eines ukrainischen Unternehmens den Verkauf einer Abfüllmaschine für Erbsenkonserven vermitteln und dafür fünf Prozent Provision erhalten. Die Maschine stand in Belgien, es hing noch ein belgischer Vermittler an dem Geschäft, und in der Ukraine war die Lage ebenfalls nicht ganz zu Ende diskutiert, denn noch fehlte dem dortigen Käufer das Geld. Aber alles war nur eine Frage des konsequenten, professionellen Vorgehens, und nichts war schöner, als Geschäfte zu machen, wenn man etwas davon verstand. Fünf Prozent von drei Millionen Euro, das waren hundertfünfzigtausend Euro, je fünfundsiebzigtausend für Konstantin und den Partner, minus Spesen, – das war doch ein Wort, und Richard war zweifellos genau der richtige Partner für die Sache. Im Wesentlichen waren es zwei Reisen, die durchzuführen waren, eine nach Odessa, die zweite nach Brüssel, um die finanzielle Abwicklung des Geschäftes zu begleiten.

Richard hatte zwar keinen Euro flüssig und eine Menge Schulden, aber die Beträge für die beiden Reisen – die würde das Dispolimit des Geschäftskontos noch hergeben. Der Bulgare war offenbar ein guter lustiger Kerl mit einem Riecher fürs Überleben, ein wenig auf den Hund gekommen insgesamt. Aber wenn er, Richard, ihn und das Geschäft unter seine Regie nehmen würde – dann könnte da durchaus was draus werden.

Konstantin würde also die Termine abklären, und

dann würden beide zunächst in die Ukraine, nach Odessa fliegen.

Im Laufe dieses Nachmittags, an der B 9 bei Vedat, kamen sich die beiden Projektemacher menschlich immer näher, besonders, nachdem man vom Vedatschen Tee auf Bier umgestiegen war. Es sah tatsächlich so aus, als hätten sich da zwei gefunden, und je mehr sie tranken, umso stärker wurde die Ähnlichkeit dessen, was man die »Anmutung« der beiden nennen könnte. Längst waren sie bei den Weibern angekommen, die ganz ohne Zweifel nirgendwo sonst auf der Welt nicht nur die Schönheit, sondern auch die Lüsternheit und Paarungsbereitschaft der ukrainischen Frau erreichten. Und so weiter.

Vedat, der beim Tee geblieben war, schaute sich das Ganze mit stiller Freude an. Dass er keine Absicht geäußert hatte, ins Geschäft mit einzusteigen, war den beiden anderen gar nicht aufgefallen.

5. Das war vor vier Wochen, lag zeitlich also vor dem Eklat mit Silvia. Aber vielleicht trug das frische geschäftliche Bündnis ja dazu bei, dass der Streit überhaupt entstand? Vielleicht verminderte sich Silvias Duldungskraft um das entscheidende Quäntchen, als Richard von dem Plan berichtete.

»Mensch, Richard, konzentriere dich doch auf dein

Geschäft hier, das ist doch ein Glücksritter, dieser Mann! Ukraine! Wenn ich das schon höre! Bring deine Waschstraße endlich in Ordnung!«

Silvia kannte die letzte der verbliebenen Waschstraßen Richards sehr genau, und sie wird sich ihre Gedanken darüber gemacht haben, warum die Pachtverträge für die zwei anderen nicht verlängert worden waren. Sie war außerdem darüber informiert, dass Richard einst ins Altmetallgeschäft mit dem europäischen Osten eingestiegen war. Kupfer sollte aus russischen Altkabeln geschmolzen werden, eine Anlage dafür wurde in Polen errichtet, Geschäftspartner und eine schöne blonde Polin waren hinzugetreten. Ganz zweifellos lagen da Millionen auf der Straße, man musste sich nur bücken – alles mit katastrophalen Folgen für Richard und sein Vermögen. Nichts war übrig geblieben, selbst das große Haus, das Richard in Warschaus bester Lage bauen ließ, gehört nicht mehr ihm, sondern der schönen Polin, auf deren Namen es damals ins Grundbuch eingetragen werden musste. Richard erzählt gelegentlich im »Jungen Max«, dass jeder Geschlechtsverkehr mit dieser Frau ihn umgerechnet etwa zwanzigtausend Euro gekostet habe. Silvia erzählte er das natürlich nicht.

»Du musst da Farbe ran bringen«, sagte sie jedes Mal, wenn sie mit Richard zusammen zur Waschstraße fuhr, »putzen musst du! Die Leute haben Angst um ihre Autos, wenn sie den Schmuddel sehen. Und dieses Büro! Und dieser Kerl!«

Sie meinte den Erpresser, den Richard ihr gegenüber niemals so nannte, denn er hatte ihr nichts erzählt von den Daumenschrauben, die ihm angelegt worden waren. Und sie meinte den Glaskasten, der dem Erpresser als Büro diente. Man konnte kaum durch die Scheiben schauen, so verdreckt waren sie. Und drinnen der schiefe alte Bürostuhl mit den Löchern im Sitzbezug, aus denen der schmutzig-gelbe Schaumstoff quoll, die Papierberge, das Telefon mit dem ölverschmierten Hörer, das vergilbte Foto mit dem Pin-up-Mädchen aus dem Pirelli-Kalender – das sah alles sehr verloddert und dritteweltmäßig aus. Über den Zustand des Schriftzuges »Waschstraße« musste Silvia zunächst lachen, aber eigentlich war auch er alles andere als lustig: Das »W«, wie die übrigen Buchstaben aus weißer Plastikfolie gefertigt, hatte sich zur Hälfte abgerollt, bald würde es völlig abfallen und eine »aschstraße« übrig lassen. Aber schon jetzt bildete sich dieses Wort im Bewusstsein des potentiellen Waschkunden und führte den in gelb gehaltenen Namen der Waschstraße, »Diamond-Wash«, sowie den abgebildeten funkelnd geschliffenen Brillanten ad absurdum.

»Demnächst geh ich da ran!«, sagte Richard, mit seltsam drohender Stimme, so, als plante er einen Überfall. Jedes Mal sagte er das, wenn der Zustand der Anlage kritisiert wurde, und dass Silvia ihm längst nicht mehr glaubte, das konnte man in ihrer Mimik lesen.

Man kann nicht behaupten, dass Richard das Waschstraßengeschäft nicht ernst nähme, ganz im Gegenteil. Das zeigt ja schon sein meteorologisches Engagement. Auch im gesamten Wissensfeld der Waschtechnologie führt er sich gesprächsweise äußerst professionell auf, unternehmerisch und kenntnisreich, was die neuesten Trends angeht, zum Beispiel die Versuche, die Fahrzeuge mittels Ultraschallkanonen zu reinigen. Er ist Abonnent des Fachorgans »Die Waschstraße«, das monatlich erscheint, außerdem besucht er die jährlich stattfindenden Kongresse des »Verbandes mittelständischer Autowäscher«, den letzten im Schweizerischen St. Moritz. Dort wurde er, von einer nächtlichen Hotelaffäre mit einer Kollegin befeuert, Initiator, Verfasser und Erstunterzeichner der »Agenda 05«, einer Resolution zur Ausrottungstaktik der marktbeherrschenden Waschkette »McWash« gegen die mittelständischen regionalen Waschstraßenbetreiber. Das Manifest fand sogar im Wirtschaftsteil der FAZ eine kleine Erwähnung.

An sich ist Richard also durchaus beim Geschäft, allerdings mit stark pulsierender Inbrunst. Wenn er arbeitet, geschieht das sozusagen explosiv, er knallt plötzlich los, immer viel zu spät, verkatert und ungefrühstückt, wirbelt eine kleine Weile sich selbst und alles Mögliche umher, wobei kaum etwas unbehelligt bleibt – und dann ist fast ebenso plötzlich wieder Ruhe, und Richard ist wieder in der Waagerechten und äußerst verstimmt. Vieles bleibt halb fertig zurück, und aus diesen lebenstechnischen Baustellen, die, wie der Hummer im Eisfach, niemals fertiggestellt werden, entstehen neue, ernste Probleme, die wieder viel zu lange in sich ruhen und langsam an böser Kraft gewinnen, so, wie beispielsweise der tropfende Siphon das getan hat.

6. Zurück zu jenem vormittäglichen Augenblick am Ende der dritten Woche des Existenzstreiks! Richard liegt im Bett, nimmt das Mobilteil, drückt die Taste mit dem kleinen grünen Telefon drauf und meldet sich mit rauer Stimme.

»Gut, dass ich dich spreche«, sagt Konstantin, »ich habe eine schwere Seele!«.

Er sei in arger Not. Mehrere Zahlungsbefehle sollen vollstreckt werden, es drohe »Beughaft« und dergleichen. Hinzu kommt, dass Konstantins alte Meldeadresse nicht mehr stimmt. Ehefrau Gaby wohnt längst woanders, und deswegen gilt er für die Polizei als Person ohne festen Wohnsitz. Richard müsse das Geld vorschießen, sonst sei die Sache mit der Erbsenmaschine am Ende.

»Ist doch kein Problem, wenn wir die Maschine verkauft haben, zahl ich das sooo zurück, Mann. Tausend Euro, ist doch ein Klatsch, das.«

Im Ganzen betrachtet, spricht er erstaunlich gut Deutsch, die Fehler, die ihm unterlaufen, sind häufig sehr amüsant. Richard äfft sie gerne nach und hat immer wieder seine Freude daran.

»Und du musst denen bestätigen, dass ich bei dir wohne. Ist doch okay, nur fürs Papier, weiß du!«

Richard steht nackt im Raum, eingezwängt zwischen Bett und dem schief in den Raum hinein weisenden Regal. Selbstverständlich ist sein behaarter Brustkorb gebläht, der ebenfalls behaarte Unterbauch ist nach innen gesaugt, so, als herrsche starker Unterdruck in ihm, steigt dann radikal nach außen zum Schambein an, und noch ein Stück weiter biegt sich der Schwanz so demonstrativ dick und bogenförmig nach außen und unten weg, dass er wie ein Wasserkran, wie anmontiert wirkt. Offenbar ist gerade eine zufällige anfangserektive Blutfüllung im Genital vorhanden. Ein Paar Bockshörner auf Richards Stirn würden im Augenblick gut ins Bild passen, dann wäre der Pan sichtbar, der in ihm steckt.

Wer Richard kennt, weiß, dass zwischen seinem aktuellen Zustand und einem eventuellen Verlassen des Hauses mindestens zwei Stunden liegen. Und es werden auf diesem langen Weg der Körperpflege, Rasur, Kleidungsauswahl, des Hemdenbügelns und finalen Einparfümierens mit dem aus London selbstimportierten englischen Lieblingsparfüm »Penhaligon's Hamman Bouquet« auf jeden Fall einige Stücke Materie sich sperren und verweigern und dafür bestraft werden. Andere werden auf den Boden fallen oder nicht aufzufinden sein. Es wird also Grimmexplosionen geben, Richard wird mehrfach laut fluchen müssen.

»Dann komm ins *Café Bohnenkamp*!«, sagt er, unwirschen Tons, zu Konstantin. Das *Bohnenkamp* ist das Café, in dem er häufig frühstückt. »Fünfzehn Uhr!«

»Schneller? – Nein, schneller geht nicht. Dreh Däumchen solange, leg dich in deinen Wohnwagen, hol dir einen runter, oder was.«

Wie nicht anders zu erwarten war, begibt sich Richard zunächst noch einmal ins Bett. Diese Art von Verweigerungshandlung zeigt er auch ohne Existenzstreik, der ja nach wie vor in Betrieb ist. Zum Beispiel, wenn Silvia zum Aufbruch drängt, weil es sowieso schon wieder fast zu spät geworden ist für den geplanten Kinobesuch: Genau dann fällt ihm ein, dass seine halb verdorrten Terrassenpflanzen gegossen werden müssen. Oder das Hemd, das er trägt, ist plötzlich nicht das richtige. Ein anderes muss rasch gebügelt und angezogen werden. Dass dieses Verfahren nicht dazu dient, bestimmte Personen zu ärgern, das erkennt man daran, dass er es auch dann wählt, wenn kein Mensch da ist, sondern lediglich eine fremderzeugte und ihm, Richard, auferlegte Terminverpflichtung.

Eine halbe Stunde ist vergangen, Pollux kommt an und maunzt, er hat heute noch nichts gefressen. Richard springt aus dem Bett, plötzlich sehr geschmeidig und aktiv wirkend, schleudert mit dem rechten Fuß die auf dem Boden liegenden Boxershorts nach oben, fängt sie auf und zieht sie an, wobei er am Ende, als er die Shorts über die Hüfte in die endgültige Position ruckelt, mehrere kleine, beidbeinig ausgelöste Hopser macht, so, als müsse er den ganzen Körper oder zumindest das Gemächt in die neue Situation einrütteln. Er geht in die Küche, wo es feucht und kalkig riecht, Pollux folgt ihm mit steil aufgerichtetem Schwanz.

»Polluuuuux«, singt Richard, hell wie eine Frau.

Er öffnet eine Dose mit Katzenfutter, sagt erneut »Polluuuuux«, und der Angesprochene antwortet mit einem lauten, langgezogen-klagenden, gegen Ende abfallenden Maunzen.

Jetzt befindet sich ein Schlag Katzenfutter auf einem Tellerchen, das auf dem Küchenboden hinter Richard steht. Vor Richard sitzt, ganz brav und ruhig, Pollux und wartet. Sein Schwanz ist gerade nach hinten ausgestreckt. Nur das Ende krümmt sich ein wenig, abwechselnd nach links und nach rechts. Richard spreizt die Beine, beugt sich nach vorne und formt aus seinen beiden Armen einen Reifen. Pollux vibriert vor Spannung, das Schwanzende wischt jetzt rasch hin und her, aber erst, als Richard leise »Polluuuuux« ruft und dann, nach einer kleinen Pause, laut »Spring!«, macht er ein, zwei Sätze, springt tatsächlich hoch, durch den Armreifen, zwischen Richards

Beinen hindurch, landet genau vor dem Tellerchen und beginnt sofort laut schnurrend zu fressen. Sein Schwanz steht wieder gerade nach hinten ab, ein, zwei Zentimeter über dem Boden ist er und jetzt völlig unbewegt.

Richard hat mehr als ein halbes Jahr lang täglich mit Pollux trainiert, das war in der Zeit nach Castors Tod, Wochen und Monate hindurch völlig vergebens, bis es ganz plötzlich klappte.

»Das war der Umschlag von Quantität in Qualität«, sagte er, in völliger Begeisterung, zu Silvia, als er ihr das Dressurstück zum ersten Mal vorführte, »man darf nicht aufgeben, irgendwann geschieht es.«

Richard hat zwölf Semester Philosophie und Politologie studiert in den siebziger Jahren, unter anderem auch mehrere Seminare über Hegel belegt. Einiges davon ist, wie gerade zu hören war, hängen geblieben. Zur Verblüffung aller hatte sich am Ende herausgestellt, dass er, trotz seiner überdurchschnittlichen und sehr redegewandten Präsenz in den Seminaren, in der Cafeteria und auf Demonstrationen, keinen einzigen Leistungsschein vorzuweisen hatte, dass also an ein Examen nicht zu denken war. Als der Schwindel aufflog, verließ Richard die Uni und betrat sie niemals wieder.

Vielleicht kam an diesem Tag, vor knapp einem Jahr, genau in dem Augenblick, als Pollux durch Richards Arme sprang und als sich die beiden, Richard und Silvia, noch nicht allzu lange kannten, die Entscheidung Silvias für Richard zustande? So wie damals hatte Silvia ihn jedenfalls vorher noch nicht angeschaut, sie sah ihn wohl tatsächlich in einem neuen Licht. Jetzt erst schien sie ihre Gefühle sozusagen von der Leine zu lassen, und zwar sofort und entschieden, und die Sache hatte den stürmischen Anfang, von dem die Rede war.

Die Wohnungsklingel ertönt, es ist der Briefträger. Zahlreiche Rechnungen treffen ein. Ungeöffnet vergrößern sie den seit drei Wochen wachsenden Berg auf dem Schreibtisch. – Einen knittrigen Umschlag mit krakelig von Hand geschriebener Anschrift betrachtet Richard aufmerksamer. Absender ist der Erpresser!

»Sehr geerter Herr Richard Mepke, ich beende hiermit aus persöhnlichen Gründen meine Tätikeiten für sie zum nächsten Termihn!«

Unterschrift mit Vor- und Zuname. Richard eilt in seine Kammer, zieht einen Aktenorder vom Regal, blättert. Kein Zweifel, es ist die Unterschrift des Erpressers! Es ist wahr! Richard läuft in der Wohnung auf und ab, raus auf die Terrasse, schüttelt die geballte rechte Faust in den ärgerlicherweise stark bewölkten Himmel, Gott oder dem Teufel entgegen. »Jaaaaaaah!«, schreit er.

Zum ersten Mal seit drei Wochen schaltet er sein Handy ein, wählt Konstantins Nummer: »Bist Du schon unterwegs? – Wie habt ihr das gemacht mit dem Erpresser? – Okay, okay, wir reden gleich im *Bohnenkamp*.«

7. Am nächsten Morgen bietet Richards Wohnung ein ungewohntes Bild. Die Büffelledercouch hat sich in ein großes Bett verwandelt. Jemand liegt drinnen. Aus einem dünnen Plumeau schaut oben der insgesamt schwarze Kopf von Konstantin heraus, an der Seite ein stark behaarter Unterschenkel, und jetzt kommt auch noch der linke Arm zum Vorschein, mit einer dicken goldenen Armbanduhr, die vor Konstantins Gesicht gehalten wird. Anschließend sinkt der Arm wie resigniert nach unten, und zwar auf den Rücken von Pollux, der direkt vor Konstantins Kinn liegt und schläft. Dort hat er auch die halbe Nacht gelegen. Es ist acht Uhr dreißig. Jeder, der Richard auch nur ein wenig kennt, weiß, dass um diese Zeit überhaupt nichts von ihm abgefordert werden darf, schon gar nicht ein Frühstück. Die Tür zu Richards Schlaf- und Internetkammer ist geschlossen.

Am Abend zuvor wurde es sehr spät im »Max«, wo Richard bereits vermisst worden war. Er sei »geschäftlich« unterwegs gewesen die vergangenen Wochen, sagte er. Zusammen mit Konstantin feierte er dann die Kündigung des Erpressers, die Bezahlung von Konstantins Schulden und die zu erwartenden Einnahmen aus dem Geschäft mit der Erbsenabfüllmaschine. Auf diese Ereignisse wurde ununterbrochen und mit zunehmender Frequenz »zugestoßen«, wie Konstantin sich ausdrückte. Richard lud ihn ein, bei ihm zu schlafen. Am nächsten Tag würde man rasch die Sache mit der Anmeldung regeln.

Konstantin, in Unterwäsche, hat sich erhoben und ist nach draußen auf die Terrasse getreten, wo er gestern Abend auf Anordnung Richards seine Kleidung über einen Gartenstuhl hängen musste, die Lederjacke obenauf.

»Deine Kanackerklamotten bleiben mir nicht in der Bude.«

Auch die Reisetasche mit einigen von Konstantins Siebensachen steht auf der Terrasse. Es hat nicht viel geholfen. Der Geruch aus der Vedatschen Behelfsunterkunft ist längst in Konstantins Fleisch eingedrungen. Jedenfalls wird es nicht allein die große bulgarische Unterhose gewesen sein, die dafür gesorgt hat, dass Richards gesamte Wohnung riecht wie der verschimmelte Wohnwagen, mit leichter Untermalung durch den feuchten Kalkgeruch des Wasserschadens.

Pollux, der jetzt in einem großen Terrakotta-Topf unter einem fast zur Gänze entlaubten Oleanderbusch liegt und schon wieder schläft, war davon offenbar unbeeindruckt, und Konstantin selbst riecht das schon lange nicht mehr. Er zieht sich die Jeans über, entnimmt der Reistasche ein frisches, ziemlich weißes Trägerunterhemd sowie ein Paar Badelatschen, und nach einer Weile leisen und unschlüssigen Umhertappens in der Wohnung, wobei er alles genau inspiziert und sich mehrfach den Kopf kratzt hat, geht er ins Bad, trinkt mit Hilfe eines Zahnputzbechers, der schon eine ganze Weile in Betrieb zu sein scheint, viel Leitungswasser, kramt rum, hat am Ende in einer Ecke neben der Duschkabine eine Sprühflasche mit Spiritusreiniger gefunden sowie ein großes Tuch, von dem er dicke, offenbar über Jahre hinweg zusammengekommene Staubmäuse abpflückt und ins Klo schmeißt. Als erstes putzt er den Badezimmerspiegel, das Glasregal unterhalb davon und das große altertümliche Flakon mit »Penhaligon's Hammam Bouquet«, von dem er sich außerdem eine erhebliche Menge hinter die beiden Ohren und auch sonst wo hin tupft. Er putzt die Oberfläche der Waschmaschine, das Waschbecken mitsamt den Armaturen, und jetzt muss er den Lappen auch schon auswaschen. Und weiter geht's mit den leeren Regalen, den Fensterbänken, dem Hifi-Turm und dem Fernseher, und so weiter, und um Punkt zehn Uhr, nach mehrfachem Blick auf die goldene Uhr, tritt Konstantin auf den Schalter des Staubsaugers, den er beim Wischen im Schrank hinter den Schuhen gefunden hat. Übrigens hat dem Schrank auch eines der Hemden von Richard entnommen, ein besonders schönes blau-weiß gestreiftes Hemd von Luigi Borelli, das ihn, obwohl ungebügelt, erstaunlich gut kleidet. Das Bett ist wieder zur Couch geworden, die Stühle stehen auf dem Esstisch, der Staubsauger brüllt auf.

Pollux stürmt sofort von draußen rein, um das völlig unbekannte Tier anzugreifen, zum Sprung geduckt. Sein Fell ist gesträubt, er faucht, und in Panik flüchtet er wieder raus auf die Terrasse, als Konstantin das Saugrohr mit der Teppichdüse in seine Richtung schiebt. Bereits wenige Minuten später, als sich die Tür zu Richards Kammer endlich öffnet, liegen die Saugbahnen derart pedantisch parallel nebeneinander auf dem Teppichboden wie die Bahnen des Mähers auf dem Rasen des Wembley-Stadions. Der Schimmel- und Kalkgeruch ist von dem noch viel übleren Gestank des uralten Staubsaugerbeutels verdrängt worden, der sich zudem auf ungünstige Art mit dem überaus starken Duft von »Hammam Bouquet« vermischt hat. Richard steht nackt in der Tür, er steht steil, die Feder in ihm ist aufs Äußerste gespannt, sein Gesichtsausdruck noch bedrohlicher als üblich. Er betrachtet Konstantin, der im Tosen des Staubsaugers die Epiphanie des Wohnungsinhabers nicht bemerkt hat, er betrachtet ihn, sein Tun und das Herrenhemd zwei, drei Minuten lang, wobei er mehrfach mit geblähten Nasenflügeln schnüffelt.

Aus der Drohung in Richards Gesicht wird dann sehr rasch etwas anderes, dessen Beschreibung wahrscheinlich außer Silvia kaum jemand verstehen wird. Und selbst sie hat diese Gesichtsmetamorphose nur sehr selten beobachtet und auch nicht in der Radikalität, wie sie jetzt geschieht: Richard sieht plötzlich jung und hilflos aus, wie ein trauriges Kind. Er fasst mit der rechten Hand zum sich beugenden Kopf, und mit den Kuppen des Daumens und des Zeigefingers drückt er auf die geschlossenen Augen, reibt hin und her, mit schmalem Mund, und als er die Hand sinken lässt, um sich umzudrehen und zurück zum Bett zu gehen, sind die Augen zunächst immer noch geschlossen, und sie sind wieder geschlossen, als Richard regungslos auf dem Rücken im Bett liegt, die Decke über der Leibesmitte. Auf dem Monitor sieht man ein Satellitenbild, die Umrisse von Mitteleuropa sind offenbar nachgezeichnet worden. Als der Staubsauger schweigt, trabt Pollux von draußen an, mit steil emporgerecktem Schwanz, in gerader Linie hinein in Richards Zimmer. Sein leises, lang gezogenes Klagemaunzen verstärkt sich in dem Augenblick zu einer Art Krähen, in dem er abspringt, um aufs Bett zu gelangen, wo er sich zwischen Richards linken Arm und den Brustkorb legt.

»Um zwölf macht das Amte zu!«

Konstantin steht in der Tür, er hat sich schüchtern und klein gemacht. Richard öffnet die Augen, räuspert sich mehrfach, holt tief Luft, spricht mühsam: »Nun reg dich ab, du Zwangscharakter! Ich habe noch andere Dinge zu erledigen als deinen Kram. Wir kriegen Waschwetter!«

Auf dem Monitor verschwinden Wolkenfelder ruckelnd nach Osten, im Westen ist alles klar.

»Es ist erst viertel vor Elf, und außerdem – wart mal! Das geht garantiert auch Online!«

Richard klickt eine Weile mit der Maus rum. Konstantin tastet unterdessen die feuchte Wand ab, kratzt ein bisschen Tapete weg.

»Mann, was ist das? Das stinkte ja hier total kaputt!«, sagt er leise.

»Ich weiß, wer hier kaputt stinkt«, sagt Richard, ohne sich umzudrehen. »Übrigens: Nix Behörde, mein Lieber, das heißt jetzt ›Bürgerbüro‹!«

Dann läuft der Drucker an. Richard setzt eine Lesebrille auf, fällt zurück in seine gewöhnliche Rückenlage und liest den Ausdruck.

»Ich brauch die Unterschrift vom Vermieter. Der ist im Urlaub. Heut' kann ich nichts mehr machen!«

An diesem Tag geschieht tatsächlich nicht mehr allzu viel. Konstantin inspiziert die kaputte Spüle, den Wasserschaden, Richard, auf dem Bett liegend, notiert die Dinge, die aus dem Baumarkt zu besorgen sind, um die Sache in Ordnung zu bringen. Konstantin, in der Küche, mit dem Oberkörper unter der Spüle, muss sehr laut sprechen, damit Richard ihn versteht. Richard macht sich eine Freude aus den schiefen Beschreibungen, korrigiert sie, ebenfalls mit lauter Stimme und schreibt.

»Schlangenrohr!!, hahaha, Siphon heißt das! Den musst du ausbauen, mitnehmen, sonst ist alles falsch! Aber heute gehen wir da nicht mehr ran!«

Um die Mittagszeit sind die beiden unterwegs zum

Frühstücken, Richard im Cashmere-Sakko von Kiton, Konstantin in Richards Hemd unter der schwarzen Lederjacke, sie duften, wenn man das so synästhetisch sagen darf, in Stereo nach »Hammam Bouquet«. Die Sonne scheint, der Himmel steht in nordisch klarem Blau wolkenlos über den Dächern der Altstadt. Man wählt heute ein Lokal mit Tischen im Freien, mit Blick auf den großen Fluss, man bestellt das große »Frühstück spezial«. Richard entschuldigt sich dann, steht auf, geht zum Fluss, schaut aufs Wasser, holt sein Handy aus der Tasche und ruft Silvia an.

Isch guet. Es ließ sich nicht verdrängen. Irgendein Geräusch zwang den jungen Max Hämmerli, seinen komatösen Zustand zu verlassen, in den er sich mit etlichen Bieren und Wodka-Tonics versenkt hatte. Erstmal war allerdings wieder Stille, sieht man vom Pulsschlag ab, den der Dichter in seinem Schädel spürte. Hämmerli beschlief die fensterseitige Hälfte seines Doppelbettes im *Hotel Bergdohle* in Davos. Seit drei Tagen war er hier, als Gast des Symposiums »Poesie und Globalisierung«. Man begriff sich als Gegenveranstaltung zum gerade beendeten Weltwirtschaftsforum, das die Stadt in einem angeschlagenen Zustand hinterlassen hatte. Die aus der ganzen Welt angereisten Globalisierungsgegner hatten fast alle großen Hotels – *Fluela, Belvédère, Waldhuus, Schweizerhof*, und so weiter – belagert. Das *Bergdohle* allerdings hatten sie verschont. Es war bekannt für die globalisierungskritische, entschieden fundamentalhelvetische Haltung seines Hoteliers Verus Schlacker, selbst ein mittelbündnerischer Naturlyriker. »Globalization, Literacy and Human Rights«, hieß das Motto der dreitägigen Zusammenkunft von Autoren aus aller Welt, die morgen mit einem gemeinsamen Tag auf den Skipisten beendet werden würde.

Aber jetzt war es wieder da. Ein dumpfes Stöhnen, gedehnt und leidend, vielleicht wie ein hungriges Kalb, oder als habe man jemandem die Faust in den Magen geschlagen. Gerade, als es verklungen war, schwoll es erneut an, etwas höher im Ton dieses Mal, außerdem viel kürzer. Bereits jetzt wusste Hämmerli, dass irgendwo in seiner Nähe ein Geschlechtsverkehr stattfand und dass es sich um eine Frau handelte, die da, offenbar infolge rhythmischer Penetration, Laute von sich gab. Der Vorgang beschleunigte sich, die Stimme wurde lauter und heller. Rasch eröffnete Hämmerli eine onanistische Zweitnutzung der nachbarlichen Bemühungen (»sustainability« war ein Hauptthema des Symposiums gewesen!), obwohl sich dadurch der Schmerz des Pulsschlages in seinem Kopf noch verschärfte. Alles wäre erfolgreich zu Ende gebracht worden, nicht nur dort, sondern auch hier, wenn nicht plötzlich der Gedanke da gewesen wäre, dass es sich um Johann Madlung handeln könnte, der da tätig war, und dass die Stöhnende die blonde Schweizerin Carla Laudi sein könnte, die als Assistentin von Verus Schlacker die Tagung moderiert hatte, neunsprachig, wie sie war, das Rätoromanische und Maltesische nicht eingerechnet, das sie bescheiden als bloße »Dialekte« bezeichnete, »Dialekte« mit jenem herrlich-kehligen Schweizer »k« gesprochen.

Carla Laudi hatte sich den ganzen Abend bei ihnen am Tisch befunden, jung, schön und eindeutig unerreichbar. Jetzt fiel Hämmerli ein, dass die beiden sogar nebeneinander gesessen, den gleichen Wein getrunken hatten, Madlung und Carla Laudi. Und hatte Madlung nicht leise auf sie eingeredet, seine lange Nase in die Richtung ihrer Brüste streckend? Schon diese Vorgänge waren recht übergriffig und frevelhaft gewesen. Glaubte der alte Stinkbock denn im Ernst, er hätte eine Chance bei Carla? Hämmerli hatte sich demonstrativ zurückgelehnt und der Servicekraft mit dem schönen Arsch nachgeschaut. Niemand sollte glauben, er mache sich in Konkurrenz zu Madlung zum Affen. Er war generell nicht interessiert!

Der alte Madlung, unfassbar! Man kannte sich seit der Verleihung des letztjährigen Robert-Hamerling-Literaturpreises im österreichischen Kirchberg im Walde. Madlung war der Hauptpreisträger, Hämmerli hatte den Förderpreis für seine Prosaminiaturen »Die Schnepfe« erhalten, sein Erstlingswerk, »ein schönes Gesellenstück«, wie Madlung damals sagte, ins gefrorene Gesicht von Hämmerli hinein. Viele Frauen hatten der Preisverleihung beigewohnt, wenn auch meist mittleren Alters. Madlungs Laudator sprach von »einfühlsam und leidenschaftlich beschriebenen erotischen Obsessionen«.

Hämmerlis erektile Performance ließ schlagartig nach. Dieses Gestöhne, das dauerte gewiss schon zwanzig Minuten. Diese alten Kerle konnten offenbar tatsächlich länger! Manchmal gab es Pausen, wahrscheinlich infolge von Änderungen der Position oder der eingesetzten Sexualtechnik, dann ging alles wieder los. Hämmerli verließ sein Bett, stand im Raum, nackt und fröstelnd, legte das Ohr an die Wand, die sein Zimmer von demjenigen Madlungs trennte, und jetzt war es fast so, als nähme er teil am Geschehen. Er schrak zurück, trat ans gekippte Fenster: Auch hier, von draußen her kommend, waren die Geräusche sehr deutlich zu hören. Immer noch taumelten große desorientierte Schneeflocken vom Himmel. Aber für morgen war gutes Wetter angekündigt, ein »Traumskitag«, wie Verus Schlacker gesagt hatte, werde das sein. Schlacker würde die Gruppe durchs Skigebiet führen.

Im fahlen Licht wirkte Hämmerlis Glied nicht gut, wie es da, rötlich gestresst vom groben Onanieversuch, hinunter hing, und das trotz der zweifellos vorhandenen Restschwellung. Hämmerli trat vom Fenster zurück und vor den großen Zimmerspiegel. Das sah schon besser aus! Er musste bloß die perspektivische Verkürzung aufheben, die entstand, wenn er sein eigenes hängendes Glied von oben betrachtete! In der Hotelsauna, vorgestern Abend, hatte Hämmerli Madlungs erstaunlich gut definierte Muskel registriert. Als einziger von den ganzen Saunagängern war Madlung draußen in den Schneeberg gesprungen, und selbst hiernach hatte sein Glied beim Gehen souverän gependelt. Na gut, er war höchstens mittelgroß, man musste die Relation beachten. Außerdem, wer glaubte denn immer noch an die Bedeutung schierer Größe? Aber sie stärkte zweifellos das Selbstbewusstsein, und das war ja schließlich die halbe Miete.

Hämmerli war wieder am Fenster. Alles in allem hörte man hier am besten. Was für eine elende Situation! Er hatte Tränen in den Augen. Man zog immer nur den Kürzeren als junger Mann. Ins weibliche Stöhnen, das jetzt gelegentlich von kleinen silbernen Lauten begleitet wurde, mischte sich ein hölzernes Klopfen, außerdem eine Art Grunzen, zweifellos von Madlung. Das passte zu ihm. Carla Laudi sagte jetzt irgendwas, immer dasselbe sagte sie, mit wunderbarer flehender und drängender Stimme. Sie sagte: »Isch guet, isch guet.«

Später, als sich alles noch mehr beschleunigte, die Zeit und ihr Atem knapper wurden, sagte sie nur noch »guet, guet, guet«. Und dann gab es folgenden Satz. Laut und akzentuiert kam er durch die Nacht an Hämmerlis Ohren: »Ich ficke dich, du geile Sau!«

Das war zu viel. Hämmerli presste die Hände auf die Ohren, ging rückwärts zu seinem Doppelbett und legte sich hin. Nach einigen Minuten löste er die Hände. Die Nacht war still und friedlich, man hätte geneigt sein können, das Rieseln des Schnees zu belauschen.

Bis zum Morgen beobachtete Hämmerli den Wecker. Um neun Uhr wollten sich alle beim Frühstück treffen. Endlich war es acht Uhr, eine angemessene Zeit zum Aufstehen. Es hatte aufgehört zu schneien, die Spitzen der Berge waren von der frühen Sonne rot beleuchtet. Hämmerli, der bereits geduscht war, wählte die Nummer »101«, das war Madlungs Zimmer.

»Was gibt's?«, sagte Madlung, mit verschlafener Stimme. Dieser elende Heuchler!

»Kann ich mal deinen Föhn benutzen? Meiner hier ist kaputt.«

»Klar, komm rüber!«

Warum sich Hämmerli das antun wollte? – Noch schlimmer wäre vielleicht die Ungewissheit gewesen!

Madlungs Tür stand offen. Sachte, mit der Kuppe des Zeigefingers seiner linken Hand, drückte Hämmerli sie auf. Madlung verwendete die dem Fenster abgewandte Seite seines Doppelbettes. Die andere Hälfte schien unberührt, die Tagesdecke war sorgfältig (vielleicht allzu sorgfältig?) über das gleichmäßig schwellende Federbett gefaltet. Auch in diesem Zimmer war das Fenster gekippt. Hämmerli stockte kurz.

»Geh nur rein ins Bad!«, sagte Madlung, freundlich lächelnd.

Nur sein faltiger Kopf ragte oben aus der Bettdecke hervor. Vielleicht versteckte sich Carla Laudi darunter? Nein, das war absurd!

»Mann, was das für ein Krach war heute Nacht!«, sagte Hämmerli.

»Krach? Was für ein Krach? Ich hab nichts gehört. Hat man Lawinen gesprengt, oder was?«

»Nöö, irgend so ne Alte, Maaaann, hat die gestöhnt!«

»Freu dich doch!«, sagte Madlung, »dann warst du wenigstens gut unterhalten.«

Weder in der Wanne noch im Waschbecken fanden sich blonde Haare. Auch in der Kloschüssel war nichts Auffälliges zu sehen. Hämmerli vollführte einige lustige Kapriolen mit dem Föhn und dem Duschvorhang. Hoffentlich hatte Madlung nicht gemerkt, dass seine Haare schon fast völlig trocken gewesen waren. Hämmerli pfiff ein wenig, als er das Zimmer verließ.

»Klopf doch mal, wenn du frühstücken gehst!«, sagte er beim Rausgehen.

Madlung machte einen gut gelaunten, ausgeruhten und drahtigen Eindruck, als er Hämmerli abholte, dessen Herz höher schlug: Man würde das Veranstaltungsbüro passieren müssen, um zum Frühstücksraum zu gelangen. Die Tür stand offen, und tatsächlich, Frau Laudi saß bereits am Schreibtisch. Sie war noch schöner als sonst. Ihr gegenüber hatte sich der amerikanische Pulitzer-Preisträger John Henry Woolfes hingeflegelt. Was wollte dieser Typ denn da? Die kamen ja an wie die Zecken! Madlung stand vor Hämmerli in der Türöffnung.

»Tag«, sagte Carla Laudi sehr laut. Ihr Lächeln wollte mit dem Sonnenlicht verglichen werden, das draußen den Schnee strahlen ließ.

»Lauaudiiii!«, sang Madlung da, und noch einmal: »Lauaudiiii!«

Diesen Scherz machte er schon die ganzen Tage, immer wieder. Was für ein kindischer alter Kerl! John Henry Woolfes imitierte den Schlachtruf, und Madlung drehte sich mit einem Grinsen zu Hämmerli um. Dann sangen sie zu zweit, Madlung und Woolfes: »Lauaudiiii!«.

Nach dem Frühstück blähte sich Hämmerlis verkaterte Übermüdung immer weiter in ihm auf. Gut, dass seine Skier bereits angepasst waren. Sie gaben ihm ein wenig Halt, so, wie er sie in der rechten Hand hielt und auf den Boden stützte. Alle Symposiumsteilnehmer hatten die gleichen Skier, allein Madlung wollte ein anderes, ein »härteres« Modell.

»Hier, der Herminator-Ski!«, sagte der Mann vom Skiverleih, als er Madlung die roten Skier überreichte, auf denen in riesiger Schrift »Atomfick« stand.

»That makes the difference between men and boys«, sagte Madlung laut in den Raum hinein, indem er seine Bretter in die Höhe hielt und schüttelte. Plötzlich wurde er ganz sanft: »Geht's Dir nicht gut, Max?«

Zum Glück hatte Hämmerli sich bei den Skiern verlesen.

In der überfüllten Standseilbahn hinauf ins Skigebiet band Madlung sich ein Seidentuch vor Mund und Nase.

»Isch guet! – Gegen Erkältig oder suscht öpis!«, sagte er, unvermittelt auf Schweizerdeutsch. Sein Gesichtsausdruck war wegen des Tuchs nicht erkennbar.

»Carla isch scho doobä«, sagte Hotelier Verus Schlacker, der neben Madlung und Hämmerli stand. Niemand hatte nach ihr gefragt.

»Lauaudiiii«, sang Madlung kaum hörbar, aber irgendwie liebevoll vor sich hin.

Oben passierte dann Folgendes: Als endlich alle ihre Skier und den ganzen anderen Kram geordnet hatten, fuhr Madlung als erster los. Mit wenigen sehr harten Kantenschnitten bewältigte er den Hang. Hämmerli sah, wie er in voller Fahrt über den Rand der Piste hinaus in einen steilen Tiefschneehang schoss und in perfekten Schlangenlinien hinunter staubte.

Hämmerli musste hier weg, so schnell es ging.

Klett-Cotta

Printed in Germany
Umschlag und Foto: Phillipa Walz, Stuttgart
Gesetzt aus der Guardi von Typomedia GmbH, Ostfildern
Auf säure- und holzfreiem Werkdruckpapier gedruckt und
gebunden von Bercker, Graphischer Betrieb GmbH & Co. KG,
Kevelaer
ISBN 978-3-608-93665-0